辗转而来
希望喜欢

夏德敞 著

黄河出版传媒集团
宁夏人民出版社

图书在版编目（CIP）数据

辗转而来　希望喜欢 / 夏德敞著. -- 银川：宁夏
人民出版社，2023.5

　　ISBN 978-7-227-07824-1

　　Ⅰ．①辗…　Ⅱ．①夏…　Ⅲ．①散文集—中国—当代
Ⅳ．①I267

中国国家版本馆 CIP 数据核字（2023）第 097892 号

辗转而来　希望喜欢

ZHANZHUAN ER LAI　XIWANG XIHUAN

夏德敞 / 著

责任编辑　管世献
责任校对　陈　晶
封面设计　蓓　蕾
责任印制　侯　俊

黄河出版传媒集团
宁夏人民出版社　出版发行

出 版 人　薛文斌
地　　址　宁夏银川市北京东路 139 号出版大厦（750001）
网　　址　http://www.yrpubm.com
网上书店　http://www.hh-book.com
电子信箱　nxrmcbs@126.com
邮购电话　0951-5052104　5052106
经　　销　全国新华书店
印刷装订　成都新恒川印务有限公司
印刷委托书号　（宁）0027754

开本　700 mm×1000 mm　1/16
印张　15
字数　240 千字
版次　2023 年 11 月第 1 版
印次　2023 年 11 月第 1 次印刷
书号　ISBN 978-7-227-07824-1
定价　68.00 元

目录
CONTENTS

■ 辗转而来，希望喜欢

003 / 辗转而来，希望喜欢

004 / 过一程写意的人生

005 / 庞 贝

006 / 分茶书记

010 / 一鱼，一酒，一时光

011 / 今年，你又来晚了

012 / 小尘亲切

016 / 我有好爵

017 / 秋 天

018 / 遗 落

020 / 钥 匙

021 / 慢 慢

022 / 柿 子

024 / 十年白茶记

025 / 风 铃

027 / 小 蓄

028 / 重 逢

029 / 遇 见

031 / 兰奢待

032 / 快雪时晴

033 / 茶壶记

034 / 陶瓷小和尚

036 / 香港来的石头

037 / 泰山来的石头

039 / 银 子

040 / 玉皮珠

041 / 气 息

043 / 可 待

045 / 小　象

047 / 梦里雪飞不知冷

049 / 上元雪

050 / 春雪未至

051 / 小盘旋

052 / 读　书

054 / 再买《苏东坡传》

055 / 想抄一本书

056 / 沙　洲

059 / 夜　雨

060 / 立　春

061 / 宛　丘

063 / 元日游西山记

064 / 喜　欢

066 / 繁　华

067 / 田　园

069 / 香炉·相顾

070 / 角　色

071 / 温　度

076 / 依次地

077 / 风雨一壶酒

078 / 月季与栗子

080 / 缓缓相顾

082 / 此刻以往，愿不忧伤

084 / 子宁不嗣音

085 / 谢谢，你在

087 / 各有去处

089 / 云间月明

090 / 戒饮酒书

091 / 一　场

092 / 她·月季

093 / 风沙·茉莉

■江南记

097 / 登飞来峰

098 / 西　湖

099 / 雷峰塔

100 / 兰　亭

102 / 美　食

103 / 石头记

104 / 只为这一杯

106 / 拙政园

107 / 绍兴小记   111 / 气　息

109 / 沈　园

■ 拉萨之行

117 / 行　装   124 / 归去来

118 / 出发和到达   126 / 母亲与《梵高传》

120 / 街　头   128 / 仓央嘉措的石头

121 / 布达拉宫   130 / 藏香记

123 / 大昭寺   132 / 羊卓雍错的鱼

■ 这世界那么多人

135 / 无论何时   174 / 夕　颜

141 / 老　项   178 / 母　亲

147 / 老　吴   181 / 圣诞·父亲

155 / 小　坡   183 / 等　待

161 / F，安好   184 / 父子的饕餮

163 / 从前杯酒   185 / 写给去北京参加冬令营的

165 / 给老田的信   儿子

165 / 鬼   187 / 父子·恍然

170 / 蛇

目
录

辗
转 而 来
希 望 喜
欢

■ 做老师的那些年

191 / 老师在做什么

192 / 努力的我们

194 / 水浒女孩赵一霖

195 / 按动一根琴弦

197 / 送礼物

199 / 读弟子们的《成长体会》

201 / 工作日常

203 / 他们从最初走来，还未染尘埃
——初中生笔下的亲情世界

206 / 生病的汤敬伊，能吃的程碧瑶

207 / 猫样的心灵：初中生的内心
世界

211 / 骞童之战：竞选团员

214 / 流感期末季

218 / 飞雪时节

220 / 北京之旅顺利，戈一凝

222 / 一起看琼枝

225 / 发红包，检查《道德经》
背诵

227 / 新学期·拜师礼

228 / 一起去看戈一凝

230 / 给陈锡雯

232 / 毕业致辞

辗转而来，希望喜欢

我们此生遇见的所有，都是辗转而来的。这一本略旧的《芫野尘梦》，虽非如意，却也温暖。

辗转而来，希望喜欢

辗转而来，希望喜欢。

是去拉萨之前读的《艽野尘梦》。那时候能搜寻到的，我都会读一读。竟然很喜欢它的文言体，那风雪行军，那生死归途，美丽的西原，一一在眼前浮现。

前几天，不知是怎样的缘起，也许只是因为林芝的桃花，又想起那本书。回家却没有寻到。买两本吧，跟友人一人一本。书很快到了，再读仍如沿着时光逆流而上，做一次金戈铁马的旅行。

蓦然间却停了下来：友人一向读不懂文言文。

赶紧登录网店，直奔白话版的《艽野尘梦》，还好还好，还有几本。价格小贵不计，可书好像是许多年前出版的。买下，释然。过了一会儿，接到了电话，告诉我，书已经没有货了。

再买，去另外一家。付款成功，心头却隐隐担忧。果然，又一个陌生的电话打过来，也没有货。

再买，第三家。付款。然后，什么也不做，等电话。等到了。我居然第一句就问：是不是书没货了？那一刻的我，多么像《大话西游》里看着至尊宝，一遍一遍用月光宝盒赶回来的八戒，虽然不明白，但已不诧异。

有货，那边说。

他们是提醒我，书是旧的，而且价位远远超过定价。如果我确认要，就安排发货。

发货吧，谢谢。

书到了，确实有一点旧。托人带去。

给友人发了几个字：辗转而来，希望喜欢。

我们此生遇见的所有，都是辗转而来的。这一本略旧的《尢野尘梦》，虽非如意，却也温暖。

每年春天，乍暖还寒之间，总会有一场春雪，惹得我一再顾盼。今年依旧预先收拾好一颗心，等她一路兼程而来，然而却等来了一场不大的春雨。看来她今年要失约了。

昨天早上出门，起初并没有注意，走着走着，忽然感到一丝冰凉。春雪，游丝一样的，倏忽落下的春雪，辗转的，她还是来了。

（2019 年 3 月 16 日）

过一程写意的人生

以往，下雪之后，总要登一次山。没脚的雪，没膝的雪，我都喜欢。也喜欢林间；风吹落枝头的雪，落下来，轻盈如飞花，比柳絮都美。

然而今年的雪，她姗姗地不肯来。每天的闲暇，我会常去看看盆栽的榕树，它们的叶子，已落了一半，萧疏的枝条，更像是一幅简约的画了。

平生不懂半分丹青，是不是一种缺憾？有时也在想，墨悲丝染，五色令人目盲，如此绚烂的色彩，为何多不用于画卷，而是以墨色经营，多成写意？只是在世俗生活里，佛家壁画，百姓泥墙，宫殿楼阁，才浓墨重彩，熠熠生辉。

人生太局促。凡人但爱烟花之美，烟花却易冷；爱牡丹之国色，牡丹却只宜春时；但爱锦衣之华，锦衣能穿几世？五色之蛊，楚楚养目。可是，不过百年的人生，目有所不惬时，胭脂老去之际，终不若尺幅之间，淡墨的茅庐山石，琴弦微云，可以养心。养得此心，才不厌枯淡，杯酒亦暖。

跟友人倾谈，说到人生的心安，人间极色，当在家国梦想。若年华走到缓慢水穷处，不妨按时看日出。梦想之酣畅，与孤独之迷人，都能令人心有所寄。

过一程写意的人生也好。惜繁花待我，而落花亦待我；头上的白发待我，而每一场雪亦待我。天地光阴，何尝辜负你我？

抬头，窗台上的几株兰花草，便不觉得其憔悴了。欣欣绿意是它们曾对我笑，而枯黄之美，也可以给我小小慰藉吧。而那一向未肯去看的杜鹃，不知何时，也开了玲珑的一朵。

又一年的流光将去。

阿董给我寄了一份小青柑，只知道这名字，应该是普洱的一种。千里故人之心，贻我写意之暖。

谨记。

（2017 年 12 月 29 日）

庞　贝

从那里逃离，却不堪再寻访。

彼处的城池曾美，海湾，柠檬，人声鼎沸，美丽的女子和酒，辚辚车马带来远方的丝绸和战火消息。

那里是庞贝。

剧院里上演着迷人故事，街上的乞丐最懂得尘埃，富人家墙上的壁画和雕像令人弥足青睐。塔楼入云，朱庇特和阿波罗的神灵安乐。

那时恰好我也在。一些故事里有我，虽然我更多的时候像一个旅行者。

那里是庞贝，跟许多的城池或许没有什么不同，直到浩劫到来。如约的，呼啸的。

辗转而来，希望喜欢

005

一种气息弥漫开来，天空被层云遮住，雷声呼啸，火焰迅速包裹目之所及，毁灭已至。

荆棘刺穿般的窒息，瘟疫发作般的恐惧，像绳索一样勒住每一个生灵。有的人奔向石板的街道，有的人握住金子，有的人向神灵祈祷，有的人紧紧相拥。天空坍塌，埋没于时光之隧。

而另外的一个我却在撕裂般逃离，在风里飘荡。似乎别人也是。

然后我在另外一个躯壳里安身，用它来生活，开始获得另外的气息。可是为什么，这个新的躯壳，约束我只能用一种与庞贝迥异的声音说话。不会，也不必有人懂得。当然有一些光影和声音，苍茫中似曾相识，却只是似曾相识，像海盐与湖盐。

有一个我留在了那里，在层层废墟的覆盖之下。

那里是庞贝，是我的青春。

（2018 年 4 月 24 日）

分茶书记

一

半山书店，我常去逛逛。

最初的一次，是春夏之交的一个雨天，过天桥等车，蓦然回首，发现新开了一家书店。我有点像陶渊明笔下的那个渔人，忽逢桃花林。那一带，本来大都是卖煤精琥珀类的。

怎样的一个人，会在这城市的一隅，开一家书店呢？每年为生活奔波，一旦有点闲暇，我给自己的奖赏，往往是去书店。渐渐也像陶渊明，好读书，不求甚解。可心的，买一点，像去江南，遇到美食，不妨安然享用，而不在意出自谁的手。

店主年纪也不大，应该未到而立之年吧，坐在电脑前，听着音乐，见我进来，稍微寒暄，听任我慢慢流连。这样的感觉我喜欢，书架上的那些书，却令我吃惊。

古典的，外国的，佛学的，碑帖的，许多的书名也如故人。《丝绸之路》《汉语词根辞典》《左传全本全译》《三苏年谱》《杨度传》《古炉》《史记笺证》《梦游者》《中国古代物质文化》……

这样的城市，会有多少人在读这样的书呢？

每次去，买几本，有的几天能看完，有的就放在我的书架上。

跟店主慢慢熟悉了，知道他是锦州人，从小就喜欢这些书，于是来抚顺开了这样的一家特价书店。可是，我仍然无法理解，即便是爱书成痴，一个月下来，又能有多少盈余呢？

他会偶尔给我发一个书单，中华书局的居多，我有时会挑选一点。有时却怕他的盛意，因为不少书，浅陋如我，还是觉得艰深的。

不过，有几本，真是好，《柳如是别传》，一直想读的。他竟然有。

买了。

二

大冰的书，我也喜欢读。

虽然，他笔下的故事和人，有些江湖气。

也带着我的弟子们，一本一本地读。击节称赏过，由衷羡慕过，既可以朝九晚五，也可以浪迹天涯。

这一届弟子毕业了，大冰的《我不》也出版了。托朋友从网上买来一本，放在教室里，只读了几行，几个弟子从高中回来看我。其中一个，一眼就发现了。

"老师，送给我吧。"

"我还没读完呢。"刚想这样说，一转念，咬牙送他了。

还是像菩提对悟空啊。我有的，还是愿意，多给他们一点。

第一本《我不》，就是这样。

柳暗花明，几天后，又一拨弟子回来，三年里聪明而淘气，跟我有时亦如冰火的一个，对我说："老师，他们都买水果，我说，他们都不懂你，只有我最懂。"说着，从书包里拿出一本书。

大冰的，《我不》。

知我者，谓我心忧。相逢一笑。

欧·亨利写过一篇小说，一个人，背负着家族几代的血仇，去遥远的都市寻仇，历尽波折，找到自己的仇人，竟然如老友般亲切。

一笑。

书在手中，未暖一天，未开封，又非我所有了。新一届弟子，胖胖的黎泳辰，给我带来一小盒红茶，说是给我的教师节礼物。

"太上贵德，其次务施报。"我叹叹气，说，这本书，送你了，挺好的。

挺好的。

三

感念那个以猫为宠物，遇到好书会记得我的店主；感念那个见到大冰的《我不》，会记得给我买一本的弟子；感念那些用心写书的人。

静清和老师，我不熟悉，只是读过他的《茶路无尽》，又买来他的《茶席窥美》。依然是不求甚解地读。

他的《茶与茶器》，在众筹上看到了，买了十本。不是贪念他会送一个杯子，而是感念世上有这样一个走过茶山，深谙茶滋味的人，会为了一本书，写到他所说的"眼睛发炎"。

期待了几天，书来了。十本，新纸，墨香。买的时候，已经在思考，那九本，应该与谁分享呢？

喜欢读书的，有。三两个总有，或者曾有。喜欢饮茶的，也有，或者曾有。

喜欢饮茶，又能于光阴的倾盖之间，一起，读一卷书的人呢？

《陶瓷小和尚》里，我写过那个开着窗子，对着一山的雪读书的和尚，如果他还在，我会给他送去一本。

却只有一面。似乎再没有见过。

读书的岁月里，出入相友的老项，在开原，别来许多年，虽常常念及，也常感茫茫。

那许多，容我年少的忧伤与傲气，恤我此生劳劳的人，后来他们都去了哪里？

"今安在？"

"君安在？"

<h1 style="text-align:center">四</h1>

给猴子一本。

给德超弟一本。故乡千里，长忆少年相知。

给阿董一本。感念她夏天，从上海跑到苏州，与我举杯一见。

给F一本。感念她买润喉的中药，记得起我有时的声音沙哑。

给解运华一本。弟子中，至今唯一能让我愿意谈谈茶的人。

给朱卉一本，那么远，从飞来峰给我扛回来石头。

给老郭一本。

给Z一本，记得告诉我山里的秋天来了。

给韩睿一本。戒烟，饮茶吧。

…………

《红楼梦》里，出尘无过妙玉。贾母带众人去妙玉那里品茶，宝玉不请自来，妙玉用前番自己常日吃茶的绿玉斗给他斟茶。那样傲气的妙玉，是引宝玉为知音吧。

辗转而来，希望喜欢

愿分茶书的我的心，也曾是你们生命里，倾盖之间，曾有的一寸感念。

作《分茶书记》。

（2017 年 9 月 19 日）

一鱼，一酒，一时光

此刻的我。冬至过后的第一天。

白天看到一个动态的沙漏，每一秒都在不停提醒，这是生命开始后的第几年，第几个月，第几周，第几天，第几个小时，第几个分，第几秒。不断落下的沙子，都是匆忙的路上，那些视而不见的流年。

感念那些最早给时间做标记的人们，可能他们是帝王，是巫师，是僧侣，是无与伦比的智者，已无法确定。不过，"死而不亡者寿"，他们做的标记留下来，记录着世上每一个事物的存在。就像这些落下的沙子，我已不能知道，哪一粒沙子更动人，哪一粒沙子是青春，哪一粒沙里我曾企盼，哪一粒沙里我是风雪归人。但它们一定有过。故我不叹惋，尽管它们足够眷恋。桃李芙蓉，杏花疏影，以一生的时间衡量，每一粒沙都是我，尽管温度不同。

此刻的我，冬至后的第一天。在人间的一个小酒馆。一鱼，一酒，一个我。就像看过的一幅照片，一只知更鸟落在枯枝上，背景是河流之上的天空。它从何而来，又将何往，都不重要，就像此刻，酒馆里的人们，没有熟悉的面孔，我也只是一个慢慢饮酒的人。在沙漏的中间，我可以想起一些人，一些事，也可以不想。

此刻，与一鱼、一酒相遇，不能不令我觉得，此生所有，都是邂逅。鱼来自江湖，酒也是，我也是。这是冬至后的第一天，一鱼，一酒，一时光，恰好都在时光的沙粒上。无论此生的路多遥远，这一刻似乎都是更多属于我的时间。一鱼之味正鲜，一酒之温可耽，还有一个我，握得住这一粒沙的时间。

我爱，这一粒沙的时间。它简单，它纯然，它质感：在我的唇边，我的指间，它是难得的孤寂与温暖。

（2018 年 12 月 24 日）

今年，你又来晚了

朋友讲的故事。

有一人善吹箫，偶游百里之外某处山野，见一片桃林。

桃花似火如霞。桃林深处，忽有琴声传来。

出箫和之。一人吹箫，一人弄琴。箫琴天籁之音起处，桃花似火如霞，风吹满发满肩满地。

从此相识。约定每年此时，各从百里之外，相见于此。

伯牙子期，知己如君，后二人因事误会疏远，不复联络。吹箫者贬谪天涯。

几多春秋，如桃花开落。

吹箫者时常念及，那里的桃花可好？那人可在？

多年之后，吹箫者终于放下身边的一切，想来看看当初的桃林。

桃林老了。

桃花不复似火如霞。

吹箫者静坐出箫。方欲慨然一曲。桃林深处，忽有琴声传来。

吹箫者泪如雨下。

病骨白发。相对凝然。

弄琴者只淡然一笑，说："今年，你又来晚了。"

辗转而来，希望喜欢

011

小尘亲切

一

去山西省博物馆，看到了鸟尊和鸮卣。同为酒器，鸟尊典雅，鸮卣空灵。虽然之前在书里看过它们的图片，但只隔着一层玻璃，这样近的距离去看，心中还是会有一种隔世重逢的感觉。

回来仍然留意这两件青铜器的资料。不知是幸运还是不幸，在一本彩色的杂志里，我读到了另外的一面：鸟尊，鸮卣，以及我们久闻其名的许多文物，青铜的，陶瓷的，或者漆器，画卷，碑帖，都是经过修复的。出土的时候，大多已经残损，甚至支离破碎。

初闻惊讶，继而怅然，最终却是怜惜亲切。

该是这样，千百年泥沙氧化，无论它们是怎样的面目，都已经是吉光片羽。据说有一种蚂蚁是以银子为食物的，时间千百年如蚂蚁，啮去万物的曾有的丰盈；这些出于黑暗的地层，再现于人间的每一样东西，那斑驳的锈蚀的痕迹，与其说是一种残缺的遗憾，不如说是一种美丽的光环。

观赏碑帖拓片，也会有这样的感觉。总有些字，已经模糊难以辨识，然而你依然会觉得，这就是它们最好的面目。

所以，感念那些以敬畏的心，灵巧的手，修复鸟尊、鸮卣的匠师，让世人仍能于岁月的山重水复之间，遇见一份带着小尘的惊艳。

二

读书时代，班里有一个女孩，歌唱得特别好听。

她的文字，读起来也别有一种婉约的美。

然而，也许是上天的嫉妒，抑或是偏爱，她一边的脸颊，有一块天生的胎记，略黑，蝴蝶般大小。我不知道在人群中，她的笑意中有没有酸楚。

　　记得那个秋天，学校开学典礼的电影看完，全校千百人浩浩荡荡步行返回。回到教室，一进屋子，只有她在那里，长发，一身黑色的裙子，夕阳清风里，静静地读着一卷书。

　　那样的一个瞬间，我忽然很想对她说："你真美。"

　　可是我没有说。寒暄一两句，我就出去了。

　　毕业后，偶尔还会想起，带一点猜测和祝福。她会在哪里？会过得怎么样？

　　十七年后，在同学小聚的宴席上，又见到了她。别来沧海，还是很关注地看了她的脸颊。应该是经过了小小的手术，那蝴蝶般的胎记，大部分已除去，余下的只是隐约浅浅了。

　　她的歌声依然动听，生活得很幸福。

三

　　壶口瀑布，去年看了一次。

　　因为行程的缘故，到壶口已是黄昏，雨星星点点地落着。导游说我们很幸运，白天的雨很大，水量大，壶口瀑布一定很壮观。

　　远远就看到了迷蒙的水雾，听到了隆隆的水声。郦道元的《水经注》里有这样的句子："其水尚崩浪万寻，悬流千丈，浑洪赑怒，鼓若山腾，浚波颊迭，迄于下口。"最初读到，只认为是书生语。身临其境，才发现古人诚不欺我。

　　夹岸之人，如过江之鲫，惊叹声呼喊声此起彼伏。黄河之水，若奔马而来，飞流倾注，落差达三十米左右，万钧之力，磅礴生风；到达壶底，又反激向上，飞扬弥漫于天空。虽然岸边有台阶，站在台阶上就能感受到瀑布的壮观，可是更多的人，还是不顾全身湿透，沿着台阶下去，感受那种炫目之美。

我的衣服，转眼间也被泥水浸透。儿子在岸上，想涉过沟渠，一个趔趄，滑落下去，拉上来，也已是泥人了。

泥亦小尘，不遮欢喜。

四

猴子，我喜欢这样叫他。

剽悍，眉宇之间有胡气。

十几年的朋友了。教历史的时候，你不得不惊讶于他对历史的彻骨的沉迷，以及对细节的锱铢之稔。比如宋辽的澶渊之战，正史叙述，我们都知道，辽君统帅萧挞凛，被宋军射杀。如此已经足用。可是猴子能绘声绘色地讲出，宋军射杀萧挞凛的是弩，是什么弩，这弩需要几个人操作，怎样操作。

他极其喜欢养鱼，可以三日无美女可观，不可一日无鱼。又极其热心，见人就劝人养鱼。

有一次，被他劝得心动了，想试一试。他当天就送来一个鱼缸，拉着我去花鸟鱼虫市场。我挑了两只蓝色的虾。后来不到一周，两只虾都涅槃了。他仍然乐此不疲蛊惑，养鱼有多少情趣在其中。

读书也是我们共同的爱好。他家的书架上，我送的书，盗版的，正版的，落落大满。

人生得此知己，却仍有小尘之时。那就是他的率性。有时候觉得，他有点像《世说新语》里的那些人：

"刘道真少时，常渔草泽，善歌啸，闻者莫不留连。有一老妪，识其非常人，甚乐其歌啸，乃杀豚进之。道真食豚尽，了不谢。"

"王子敬自会稽经吴，闻顾辟疆有名园。先不识主人，径往其家，值顾方集宾友酣燕。而王游历既毕，指麾好恶，傍若无人。"

约好去逛书店，定的是9点，10点之前来，都是奇迹。朋友小聚，信誓旦旦说来，姗姗来迟都少，往往是电话打过去，那边来一句："肚子有点疼，去不了了。"

久而久之，也就懂了，世上的人千万种，猴子骨子里根本就不是尾生、季布那样的人，偶能寄百里之命，终难托六尺之孤。唯其如此，他才是他吧。

五

蓦然回首，书架上的书，那么多都洁净如新。

想起贫苦的岁月里，若能有一本书读，那文字和墨香，真是亲切明媚的。曾经为了买一本徐志摩的精选集，省下坐公交车的钱，走十多里地。即便是一些盗版的，字号小如蚂蚁的书，也曾经慰藉过我善感的灵魂。

那些书，几乎都不在手边了。

书柜有了，盗版的书，不太喜欢的书，渐渐被剔除。再遇见书，只要当时喜欢，就浮光掠影地买下来，整齐地排列。有时候拿起一本，旅游般地翻几页，旋即又放下。

也这样安慰自己：都留着，等到头发白了，坐在那里，慢慢地读。

像是那个掩耳盗铃的人吧。

想寻一本自己勾画过的，哪怕是纸卷泛黄的书，像寻一个已不知身在何方的故人。那带着小尘的，可以缓缓相顾的书卷和人，会让我感到亲切。

我 有 好 爵

一小罐龙井，铁观音的小罐装着。

朋友让孩子带来的，说是让我尝尝。清明谷雨过了，正是饮新茶的时候。

读过一些笔记文字，颇羡慕古人真以茶为知音。甚至有饮茶过多，肠胃罹病，仍要每天把珍藏的茶叶拿出来，摩挲、轻嗅。

茶的滋味，我始终是粗识牛饮，更多是以之润喉，慢对时光。

不过还是深感人间的所得，那不是雪中送炭，也不是锦上添花，只是我得一物，知人必然喜欢，哪怕不知人是否喜欢，都会念及，不惜分与其人。

心头遇见《易经》里句子："我有好爵，吾与尔靡之。"只是这酒好，与君尽一觞。

初中时的班主任，已过知天命之年，每年我们几个同学，都要请他出来坐一坐，喝一点酒，说说当年的事。在我们心里，他究竟已是心灵旧燕巢。或许他心里对我们，也有这一层意思。

去年暮春，一个风雨的晚上，他找我们，以为有什么事，赶紧过去。是一个小酒馆，他正坐在那里等我们，像一个老人，等待着孩子回家，陪他喝一点酒，听他说话。一进饭馆，他就站起来，笑着说，他偶然发现了这家酒馆，菜不错，于是就想起要请我们这三两个弟子小聚一下。

只是偶然发现了一个菜馆，就非得要让我们去，怎么不像当初那个疾言厉色的老师了？

忠爷爷今年九十多岁了，依然健在，那年回故乡，他听人说话已然很吃力，然而还记得我这个远房的孙子。我握着他的手，听他跟我讲心里话。他说，出门要交人，该花的钱不能省。

他也曾分人间的温情于我家的。听母亲说，母亲刚嫁到我家时，家里捉襟见肘的，连发霉的地瓜干都吃不饱。来亲戚了，就只能去忠爷爷家借一点白面，好歹给亲戚做一碗面条。忠爷爷家，承包着西山的那片茶园，虽然家境稍好一点，但毕竟他家，我有五个叔叔一个姑姑，不过每次还是尽力周全。

元宵节的时候，他的孙子和孙女，照例每人都会有三两束烟花，夜晚在手里摇着，绚烂得像星辰的那种。我和妹妹去忠爷爷家，也会得到相同的一份。不知道那是特意多买的，还是从他的孙子孙女的份额里分出来的。无论是哪一种，那"我有好爵，吾与尔靡之"的善意，在一个少年的心里，不逊于阿长为鲁迅买来的《山海经》吧。

流光轻去，白驹过隙，可是，像这铁观音罐装来的龙井，不能不让我执之若见江南啊。世上几人不善妖，又有几人能善老。

"月色入户，欣然起行。念无与为乐者，遂至承天寺寻张怀民。怀民亦未寝，相与步于中庭。"总会有人，分给你我，他们所珍视的美好，或者，他们力所能及地生活，却会在一瞬间忽然记起你我，分茶分炙，相与一笑。

（2018 年 4 月 19 日）

秋 天

楼下的马路边，有一个小市场。林林总总的食物，常引得我去走走。布衣人间，慢慢流年，遇到喜欢的就买一点。

今年买得最多的，是葡萄。卖家大都是附近山里的人们，或一两箱，或三五箱。品种也都不同。从起初的酸涩，到现在的微凉而甘甜，慢慢地过了一个秋天。

辗转而来，希望喜欢

朋友昨天去了山里，枯木之上的木耳，临窗可见的田野，秋雨入夜，想来别是一番滋味。我也愿意在秋夜里坐坐，偶尔看看外面的灯火，饮一杯茶，读一卷书。在人间这么久了，只有秋天，更让人在意生命的所往。

"人生到处知何似，应似飞鸿踏雪泥。"会想念一些古人，他们在秋天里，骑着瘦马在黄土古道上觅诗，会在秋风渭水边道别，会在船上听夜半的钟声，会在风雨中遥望故园。

曾有一年的秋天，在异乡的小镇，我在流水小桥上，看了一下午鸽子。它们在天空中回旋地飞。直到暮色苍茫，它们回巢穴，我也慢慢地归去。

一个月前，屋子里飞来一只蟋蟀。叫声很好听。儿子白天捉住了它。他很喜欢，想找个盒子养起来。我说："放它走吧。它有它要去的地方。"

不知道蟋蟀是不是只活一个秋天，但我知道七星瓢虫是。许多年前的一个秋天，我看到窗台上，那么多的七星瓢虫，像落叶落在水面上。

这个城市的某个地方，有一处葡萄园，前几年坐车时路过，那名字一下子吸引了我：驿马葡萄庄园。

驿马，驿马，古道之上，驿马飞驰，不迷之酣。谁在看着我，我曾看过谁，像一只鸽子，一只蟋蟀，别了少年的歌啸，小隐在这人间。

(2017 年)

遗 落

一

快递到了，两个。一管线香；一本地理书，写苏州风物的。

几年前去江南，苏州只是匆匆看过，不见得能跟张岱在西湖遇见的金陵客。

现实的苏州，那一次真是错过了。本来是打算在枫桥上坐坐，听一听寒山寺的钟声，看一看桃花庵。张继，寒山，唐伯虎，都已不在。然而，又分明觉得，苏州是他们的。

买一本书，在这样一个下着秋雨的午后，做一程纸上的山水之旅。

二

那一串喜欢了半年的河磨玉皮珠串，前几天还是丢了。记不起是在哪里丢的，所以，也就无从去找。

如果有人拾得，希望喜欢。如果再无可寻，希望这一份我在人间的所得，我曾一颗颗捻过，又把它们还给人间。

不失其所者久。永恒如此的，似乎只有山水自然。在此之外，一人，一物，一事，世上能始终契合不说离别的，有几个？

三

十一个小柿子，此刻是我的红颜。它们是我从校园的角落里摘来的。

校园里有三个角落，南面的角落，有两个秋天，我曾看过一大片粉红色的雏菊，它们在午后的风中摇曳，阳光轻轻照耀，美得不可方物。

后来，那个角落被一位老者开辟为菜园，再后来，整治为车库。去年，那位老者去世。

今年，校园东北的角落，许多花次第开放：紫丁香、白丁香、蜀葵、牵牛，不知道是那位老者还是后来别人所种植。但看那花开之盛，似乎不是新种。

老者还在的时候，校园的西北角，曾经种过草莓。今年，有人在那里种了两株柿子。前几天去看，青红都有，是几十个小柿子。因为久久没有人来，泥土上也落了不少。

我们都是时光遗落的。

（2019 年 9 月 5 日）

辗转而来，希望喜欢

钥　匙

我的口袋里，一般是不装着钥匙的，总丢。

可能从小就没有带钥匙的习惯。

从前少年时，即使父母不在家，他们也会把钥匙放在事先约定的地方，比如石头底下，门上的对联里面。那样的自然而然，什么都这样。

而且即使找不到钥匙，也不惊讶，不惶急，河岸，麦场，山坡，菜园，小巷，同学家，哪里都可以去，暂时像一只寄居蟹，慢慢走过时光。

后来经历许多事，走过许多地方，认识了很多人，也拿过许多钥匙，大都是读书或工作的场合，依然像一只寄居蟹，不过，安稳而轻盈，不再如少年时。我们是在一把把钥匙打开锁的声音里长大的。

世上许多的钥匙，许多的锁，有的钥匙，是回家用的，有的是走向这个世界用的。

每一个遇见的人，也像是一把锁吧，我们自己也是。我们同时是锁和钥匙。锁是现实的阻隔，而钥匙是灵犀的相得。

世上的每一卷书，也是一把钥匙吧，这钥匙是无形的，大都由一颗或多情或睿智的心炼成。读一卷书，哪怕情节山重水复，故事悲欢离合，它们仍像是驿路上的一盏灯，苍茫身后的杏花疏影，那些名字，那些风景，让我们欢笑而不失凝重，落泪而不失晶莹。

《从前慢》："从前的日色变得慢，车，马，邮件都慢，一生只够爱一个人。从前的锁也很好看，钥匙精美有样子……"

依然留恋那些漂泊岁月中，以《平凡的世界》和《资治通鉴》当枕头的日子，留恋口袋里的钱，只够骑着自行车去买旧书的日子。那时的读书诚诚恳恳。世上总有一卷书，给我们一把精美钥匙，这把钥匙在手里在心里，要么让我们可以长大，要么让我们可以回家。

钥匙在手里，在心里，多么安稳，轻盈。

(2018 年 4 月 23 日)

慢　慢

在等着雪的到来，就如同等着一个故人。

一年之别，虽未千里结言，它们亦是千山万水地赶来。

起初会是薄薄的一层，有点毛茸茸的那种，落在地上，近乎一场浓霜。不过确实是雪。脚踩上去，声音轻盈。树枝上也有，但那还只是雪的轮廓，是在冬天的画布上，先做出的一点渲染。

然后，更多的雪纷至沓来，河流大块地结冰，只在一些水暖的地方，可以看见水色，几只不怕冷的野鸭，在那里感受朔风的呼啸。然后，雪落满大地。直到第二年春天，它们依依作别。

雪在光阴里是慢慢打开的。若有闲暇，会看到窗花的晶莹，满城的琼枝。雪不忍辜负你我等它太久，想来你我也一定不忍辜负它慢慢打开的心。

光阴里多少美好，需要这样慢慢打开。

故乡的茶树种子寄来的那天，我没有打开。放在桌子上，我想先在自己的心里，把这二十几年的路再走一次。"自牧归荑""贻我彤管"。我们在人间珍视的哪一样东西，不带着光阴的意态呢？

窗台上的杜鹃花开了。已不是我当初每天都要相顾的那盆。一个秋天它都憔悴，直到昨天，才发现两朵红色的花蕊，画卷上的胭脂一般，虽不明艳，却也温暖。然而昨天我也没有端过来看，因为昨天我的心都在茶树种子上。杜鹃花且留到今天看吧，要不然，今夕何夕，无花可擎？

今年不停地买葡萄。坚持每天买一点，葡萄刚下来的时候，似乎还带着一半的酸涩，然后是甜略胜于酸，然后是饱满的甜。后来，天气凉了，再吃下去，总也带了一份凉。于是作罢。但毕竟，今年的葡萄我是日复一日地吃着，时光在唇齿间，在心上，慢慢地走过。总觉得这样，才算是爱葡萄。

节气也是这样，一个一个，你来我往，让属于每个节气的物候，有声有色地展开，像在宣纸上泼墨挥毫。

看过一些加工玉石的书，一件玉器，从石头开始，得多少匠心，多少切磋琢磨，才可以惊艳世间。

写《石头记》的曹雪芹，也要"披阅十载，增删五次。"

初见之讶，相得之欢，一花，一木，一石，一鱼，一人，一琴，多少能走到温存如倾，多少又走到了阑珊酒冷。

浓浓淡淡的，多少骊歌，也是这样慢慢打开。

纵然世间无人唱，当时少年长歌行。比起你我，那青山几度，那明月圆缺，原本就比你我永恒。

行行重行行。要慢慢地。时间能给你的，都能给。

一路的人生，光阴里，一阕词要慢慢地听，一个人要慢慢地懂。就像木心写的：从前的日色变得慢，车，马，邮件都慢，一生只够爱一个人。

（2017 年 11 月 16 日）

柿 子

故乡老屋的前面是一个供销社，那儿真有点像百宝仓。煤油，棉布，文具，食物，一个乡村少年所能想象到的东西，似乎全都有。

然而，贫寒的岁月里，更多的时候，我就只能站在那里看。它们都不是我的。

有一次，供销社突兀地进了几顶海军帽，一下子勾住了我的魂。价钱不菲，两块五，柜台里最好的"英雄"钢笔，也不到一块钱。"求之不得，寤寐思服。"我天天跟母亲念叨，心里也知道，那是海市蜃楼。两块五，够家里一个月的油钱了。

两三天后，我竟然幸运地发烧了。因为从小体质弱，母亲特别担心，做了面条，里面放鸡蛋，这样奢侈的待遇我都视而不见。我吞咽着口水，却倔强地不吃。母亲明白了，说，你吃了吧，海军帽那就买了吧。

真正的美食也在供销社里，几乎吃不到。

只有客人来了，才有可能出于礼数，给我买一点我梦寐以求的美食。秋天里会吃到柿子饼。温润的红褐色，饼状，外面有一层霜，很甜。大人们说，那是树上结的果实。没见过。

可能那时的印象太深了，虽然后来许多年里，没再怎么吃过柿子饼，或者树上结的柿子，但还是记得，一旦遇到了，即使不吃不买，也还是要多看几眼。

2000年去西安，看兵马俑，登明城墙，吃羊肉泡馍，大都是浮光掠影。小巷里的肉夹馍吃起来很香。不过最难忘的，还是路边的一些农夫农妇，挎着篮子，在那里卖柿子。我是第一次看到树上摘下来的柿子。买来尝尝，个头并不大，不过挺甜。去年再去西安，因为是暑假，吃不到，心里还有些遗憾和怅然。

世间的万物，根本来说，还是带着水土的印记。在沈阳，江南特色的酒楼，吃过茴香豆和手剥笋，可是总不如在江南，一壶黄酒，一盘手剥笋，一碟茴香豆，在街头的小店里细品。

秋风起了，想念柿子了。中午休息的时候，特意去学校后面的市场转一转，买了六七个，都拳头般大。分给弟子两个，还有四五个，打算回家大嚼一番。回到家，却发现手里并没有。应该是落在出租车上了。

宛如曲径。擦肩而过。像火车上看到的风景。

也好，有缘见到，却无缘吃到，美好的事物，既然错过，就不必是我的。一如那些遇到的，终究又远离了的时光，以及那些时光里的人。

我会记得，却不会再追寻。

（2017 年 10 月 14 日）

十年白茶记

咬咬牙，花了许多银子，买了两饼白茶。静清和制。

标记是十年的。

十年前我很少喝茶。听过一些茶的名字，却像粗略地读过的几本书，只记得不多的名字与情节。最近的这一两年，会买一点茶，随买随饮而已。

茶可以存得久的，印象里是普洱，据说可以存几十年到几百年。可是，茶只是茶啊。"沧浪之水清兮，可以濯我缨；沧浪之水浊兮，可以濯我足"，一壶茶，可以对一时风雨，可以对一刻的良辰，雪夜里，小窗前，善待时光而已。难道可以像那一匹蜀素，存上几十年，等到米芾的笔来挥洒？生亦非高阳酒徒，也几乎没有过存上一两坛的心思。

因爱墨香迷新书，古书与沉香，可存一二，却少俸钱，亦不作此想。那么，细数生命里可以怡心且久，哪怕到十年的，几无一物。若有，也大都是放在那里，忘记它的存在，忽然发现，偶感欢喜而已。

摩挲这两饼白茶，十年，它最初制成之时，是怎样的一种存在？那时的我，又是怎样的一种存在？十年间，暮暮朝朝，它在一个地方，想来也是时时变化，慢慢沉淀气质。而十年后，它的身份，虽仍是白茶，却可以冠之为十年白茶。真是人间一奇趣。

我书柜里的书呢，有几本是到十年了，却不适合用十年书来相呼。故人来往，举酒寒暄，也有过十年的了，称名若以"十年师友"，倒是有几番神似。更多的，十年里聚散匆匆的人，或浓或淡的事，只不过是随饮随忘的茶吧。就连我自己，也不敢说，十年的时光，可以沉淀出那一份白茶的心境。

问一个知茶的人，十年的白茶，可以买吗？她说，好茶可贮，只要是十年的，就值得一见。十年茶十年香。好的。买两饼。最初的打算，是煮一饼过冬，存一饼十年后再相逢。那时再忆及今夕，不知多少人仍可以举酒寒暄，多少事已茫茫不见。

（2018 年 12 月 22 日）

风 铃

朋友开着一个礼品店，每次去的时候，我都会看风铃，它们随风摇曳，泠泠如银子敲击，如清澈的泉水。即使没有等，我也会轻轻触碰，听那声音回荡，直到寂然无声。

记忆中曾有过一个风铃，那是二十多年前，我还在读书。每天回家，我就回到那间煤棚子改装的泥屋。没有炉火，我只住春夏秋三个季节。"环堵萧然，不蔽风日"，跟陶渊明笔下的茅庐形似。屋顶时而落下尘土，即使是白天，要读书，也得开灯。

日夜都有风声，春风到来，风沙很大，仿佛来自天涯。夏风清凉，如沐井水；只是雨来了，墙上雨脚如麻，地面上也是泥泞。秋风纯净，虽然多了几分萧瑟。天地间似乎只有那间屋子是我的。

辗转而来，希望喜欢

后来得到一个铜铃，不知道是否算得上风铃，红枣大小，细麻绳系着，已经不记得是谁送的，为什么送的。只是很喜欢，骆驼刹那间发现绿洲那样喜欢。从此我的茅屋里就不只是风声和老鼠啮牙的声音了。它陪伴我许多年，现在已不知何处。

光阴的风沙里，许多的人和美丽的东西，都已不知在何处，然而，那铜铃在风中的声音，我却总还记得，冷冷如银子敲击，清澈如泉水。世上有多少声音如风铃呢？哪怕不是风里的，不是口中说出的，而是写在纸上的。

读初中的时候，我差不多每天第一个到校，教室的门没开，我就在走廊里，踱着步子，一遍一遍地背诵一些古文。毕业的时候，我们的音乐老师，在纪念册上写到了我的声音——那时有几位老师是住校的——她说，每天都会听到我的读书声，把她唤醒。她还夸我，那是标准的男中音。

不记得有谁再这样夸过我的声音。

那间泥屋子里，我也做过文学梦，当时一个电台有一个午夜文学节目，在征集诗文。我投去一篇，一周后，听着节目，主持人说，要播放几篇文章，忽然听到我那一篇的名字。当时睡意全无，仿佛甘心用一个晚上守候一现的昙花。午夜，等到了，记得开头是这样的句子：请你把疲倦收起/再做几道习题/我知道此刻陪伴你的/一定是灯光漂白的四壁。

遇到极喜欢的书，或者手写在纸上的文字，我也是喜欢出声读，即便是不读出声，我也喜欢它们，哪怕只是一页，或者只言片语。我会闭上眼睛，听它们在心里，叮咚，叮咚，如风铃动人。

要去拉萨的心，无数次，也如风铃，虽然不知道那里会有什么等着我。也许是经常说起，就会收到许多叮嘱和祝愿。也许是像一位朋友说的，每个人都有一个拉萨梦。他们的梦像风铃，被我的心轻轻吹动。

一个大大的纸箱，送到我这里，说是我的。本以为是订购的书，却不是，打开，两页纸，一堆东西。一页纸是手抄的仓央嘉措的诗句，一页是去拉萨的逐条的提醒。

东西很多，红景天、携氧片、晕车贴、西洋参含片、便携式氧气呼吸器……

不知如何说起的感念。

此生何其幸运，曾有一个人，或者几个人，知道我在哪里，知道我要去哪里。

（2018 年 6 月 8 日）

小　蓄

也曾经喜欢过邮票，还是在二十多年前。那时的读书岁月，心事柳絮一般没有着落。与人通信是不可缺少的仪式，几乎每天都在收信、回信。最难忘的是那位教化学的老师，我对"沉淀"啊"摩尔"啊这些都懵懂，所以，在他的课上写信最多。他宽厚，看见了，往往也只是略微期期艾艾，说："你的字……写得还不错，来这个工科学校……可惜了。"

许多老师都说我去那个学校可惜了。只能可惜了。心中的烟雨迷蒙时，我就逃课去图书馆，要么写信。青春无锦衣，却有美丽的邮票，学校的商店里，每隔几天，就会来几款邮票，风景的，建筑的，名人的，古典的，都有，手里只要有钱，或者发了奖学金，就买来放着，用来搭配写给不同人的信件。收到的信，信封上的邮票也缤纷各异。总之是喜欢。

也打算将它们保存起来，于是用剪子将信封上的邮票一张张剪下来，放在一个小布袋里，像我曾经在一个玻璃瓶里，收藏过蓝色的羽毛。

可是并没有存下来，走过那么多生活的山路与幽径，溪水与远方，所之渐多，不可以总是回首。匆忙地走过青春，然后流浪，飘落，被限定，开始此生的一饮一啄。那些书信，那一小布袋邮票，终于也不见。有时未

辗转而来，希望喜欢

免怀念，带着几许遗憾。读过洛夫的那首《烟之外》中的句子：左边的鞋印才上午，右边的鞋印已黄昏了。

到底也没有任何一张邮票，让我再记得，只是很美。

然而仍然感念生命中，曾有那些可以努力写信的日子，以及那些轻盈似蝶的邮票，它们不知去了哪里，但那时气息，那时初心动，却在心里的某一粒沙上，小蓄。每到水穷处，花落时，它们会轻轻浮现，说，我们还在呢。

听完了茶艺课，又得到两罐武夷山的茶，回来打算慢饮一番。在书柜间寻找，记得一个孩子曾送我一个杯子。当时没有用。找到了，轻轻抚摸，擦拭。所有的遇见，只要是入心过的悲欢，其实都在的。哪怕再无法触摸，也是此生所得的恩宠。

小蓄，小蓄，光阴之恤。如果同音可以假借，那么"蓄"本也是"恤"吧。

怜惜再三，不求大得。阳光暖时的一壶茶，雪折竹时的一杯酒，一衣之暖，一字之得，若柴门闻犬吠，若称名忆旧容；在时间与空间的绳索上，系上美丽的扣子，终归在失散之前，遇见之后，就像月光，曾经入缶。

(2018 年 5 月 7 日)

重　逢

也许是前几天写那篇《陶瓷小和尚》，忆起少年时，那位开窗对着满山的雪读书的和尚，上午，去了趟西山。

秋林山野间，三分萧瑟，七分明净。香气氤氲，佛门庄严，信徒来来往往，似乎，只我一个想来坐坐。二十年间，泉水清风未老，不知是否还识得我。

只是来看看西山，在青石台阶上坐坐，像一只半老的松鼠。没有登观音阁，也没有去汲圣水。

不许愿，也不是来还愿。如果非要说怀念，倒是二十年前的那口铁钟，如果还在，是我还念着的故人。那就问问。

一位老者在阳光里坐着，我就走过去请教。"老师傅，这庙里当年有一口钟，现在在哪里您知道吗？"他并不惊讶，用手一指："那边，塑料布底下。"

竟然还在！心里顿时欢喜。

"问姓惊初见，称名忆旧容。"唐人的句子。那种别来沧海的感受，难与人说。巧的是，塑料布上，有个两三巴掌大小的洞。是它，铁钟。

我站在那里，不说话。又何必说。它知道，是我来了。虽已有残损，却难掩风华。想去抚摸。也没有。

听说，寺庙里要修钟鼓楼了，这口铁钟，会被修复，如女子敷粉，供人瞻仰祈福了。可是待得西山的钟声回荡，膜拜的人群中，不会有我。我们是故人，不须膜拜。

安然道别。还好，我们都还在。

此生的相遇，人也好，物也好，山水也好，走过人间流年，有一二可以相念，足矣。此生我们是来了，无论以什么方式，我们来了就好。

（2017年10月3日）

遇　见

寒露之后，还未凝霜，却来了一夜的秋雨。不知此刻有多少听雨的人。那样的"滴答"声里，有多少孤寂会涌上心头。

不过，我们究竟不是古人，注定没有锥心入骨的家国之愁。你去吟蒋捷《虞美人》，少年，壮年，到鬓发苍苍，此身何处？

然而我们又都是活在文字的舟上，或劳劳，或随波，那一种平仄间眉目相顾的况味，总是氤氲如雾气青烟的。

恍惚间，那板桥霜，那广陵曲，那云水意，那红颜诺，仿佛是古人，又仿佛是我。秋风来时，秋雨滴时，湖上雪落时，我会觉得我的心，像一处茅庐，等待着不知要到来还是远行的故人。

今晨起来，秋雨是暂时停了，雾气却在，薄似纱的雾气，引得我去看窗外。对面的围墙里，树尖上，那暗黄色的，不是桂花吗？

怎么之前就没发现呢？心里顿时明净起来，静静地端详，"桂华秋皎洁"，草木，也不忍这深秋的心，失去小小的着落。

过去了许久，天色又明亮了些，再好好看去，哦？不是，不是桂花，是几棵不知名字的树，顶着暗黄的叶子，可又多么像美丽的桂花啊。

说不出是喜悦还是失落，就不去看了。转身到南屋的窗前，很久没有去楼下的小市场了，多少还有点惦念。一抬头，看到了它们：麻雀。

三只。阳台边的水泥台上，一夜的秋雨后，它们在秋日清晨的微光里。

这里不是它们的家，以前也从未发现它们的踪迹。那么，它们是路过的吧。昨夜的秋雨中，它们是在这里吗？或者，在某一处地方，有它们可以栖身的巢窠？

无妨。只是这一个清晨，那树尖上像极了桂花的树叶，和这三只麻雀，已是人间风景。

它们和我，都是走了很久才遇见的。多好的遇见。

"人间如驿站，你我如旅人。如果在途中相遇，一起喝杯酒吧。"这是我在《江南记》里写过的。写给阿董的，也写给每一个相遇的人，每一次开过的花，每一卷动人的书，每一程入心的山水。

昨天给阿董寄的茶书，计算着路程，也快到上海了吧。

（2017 年 10 月 10 日）

兰 奢 待

当我开始沉迷一炉香的时候，我才开始读一点香道的书。可也只是读过，像春天遇见一场花开，却没有刻骨的几朵。偶尔也买一点香，一点而已。直到那天，读到了兰奢待。

此刻它应该仍在日本奈良东大寺正仓院里吧，那一段倾城倾国的沉香，数百年间，天皇眷顾过，将军切取过，民间也有小块珍藏的兰奢待，此生若有可能，我愿意去看看。多少人的心血与信仰，才能让人间留下这样绝美的事物。就像我去看看大昭寺的檀香柱，看看仓央嘉措走过的地方。不是每一个地方，每一个事物，我们遇见就会不忘。流沙浮生，都那么忙。一定有那么一个地方，那样的一人一物，你听见了，就会觉得它在等你，虽然，它可能不是你的。

兰奢待，谜语一般的名字。这名字的含义，不知有没有流传下来？

那个铜香炉买回来，我一直很喜欢，虽然它极简单，没有典雅的造型，全然称不上名贵，我不是制作它的人，只是千百见到它的人之中的一个。可是我知道它在待我。一炉香就是一卷书吧，带着天地自然的灵性。我甚至为它订了一点尼木的藏香。世上能让我们入迷的，我能遇见的，都是我们的兰奢待。

若有一人，或几人，如兰奢可待，在我们遇见之前，他（它）已如此之好。你我会不会像嵇康，带着酒和琴，去结识阮籍一样，想去看一看。一生里，那可以让我们觉得此生不负。

你要有一个很美的梦想，叫兰奢待。

（2019 年 3 月 8 日）

辗转而来，希望喜欢

031

快雪时晴

昨夜隐约有雷声，潇潇或许在下着雨。早晨起来，分明已是雪。不期而遇，又见这一场春雪。因为天暖的缘故，不像冬雪那样坚硬，踩上去，反而毛茸茸的，可以没过鞋子。倒有点像鲁迅笔下江南的雪，若一瞬天晴，肯定会润泽之至了。

心中忽然想起什么，赶紧打开电脑，搜索羲之的《快雪时晴帖》，此时此情此景，要把这美丽的文字，告诉他们。教科书上，只会讲到《兰亭序》的。《兰亭序》固然动人心魄，我也去过兰亭，那样的雅筵之会，于凡俗的众生，不啻是浮云。"不惜歌者苦，但伤知音稀。"复印的《快雪时晴帖》发给弟子们的时候，他们多是一脸的小惊讶。

一起来赏赏羲之的这一幅字吧，它有多么美好，真迹也好，古人临摹的也罢，都不必计较，"山阴张侯"是何许人也，也不重要。一起对着这行云流水般的笔墨，去体会一种可以溢着清香的温度。一千六百多年前，那个叫羲之的人，执管，旋腕，在快雪时晴时，给一位朋友写下了二十几个字，羲之所写，张侯一定懂得。

在快雪晴时，或者落雪的时候，我们会给谁，或者谁会给我们写下几行字，带给彼此一场如雪的灵犀心意。生命中多少日子，可以在眉头心上记挂，任多少飘零老去，亦不曾舍？

阳光出来了，已是午间，春天的阳光和《快雪时晴帖》，它们都在，多好。

心下油然生出一些感念，昨天的此刻，F发给我一个西藏导游的名片。她一定是读了我写过的文字，知道我那份莫名的西藏情怀。昨天她还歉意地说，帮我养的那一盆多肉，寒假里缺乏照顾，结果养死了。

感念，那一盆虽然养死了的多肉，还有推荐给我的西藏的导游，无论是否成行，世上还有人，在我不经意的时候，记得我一鳞一爪的梦想。

故乡遥，何日去？上次回故乡，至今已三年了。父亲的坟墓在那里，就总让我思之神伤。除夕那天，德超弟发过来几段视频，是在祖坟的山坡上。他是读我的《无人知处流年飞》，记得我给父亲买过香蕉的事，于是跑了好多地方，买到了香蕉，为我，放在父亲的坟上。

还有此刻，正凝然读着《快雪时晴帖》的弟子们。闻弦歌而知雅意，感念他们陪着我，在笔墨间，一起经过一日的流年。愿你们此去多年，仍能不释书卷情怀，于落雪花开时，记得告诉世上的某一个人，下雪了，花开了。人纵然不是所有的时刻，都能如风之入箫，人间亦美好，不只是啄饮劳劳。

（2018 年 3 月 15 日）

茶 壶 记

小小的粉紫色的茶壶，此刻正可相顾。

平生并不了解壶，想来只有少年时二爷爷的那把紫砂壶，仍然可以记得模样。它古朴慈祥，壶嘴曾经断过，用银子重新箍上去的。

即便如此不忘，许多年里，我只觉得壶是饮水之器而已。

在人间久了，才会真爱上一些美好的事物。比如此刻的这把壶。它不知走了多少路，才在一个人的心与手的舞蹈中定型。并且它如此明艳，令我忍不住将它置于兰亭石上，念之如暄。

昨天整理过去拍摄的图片，找出了九张：干苦瓜上一朵白色花，盛在建盏里的石榴粒，友人那里借来一看的琥珀戒指，暮春时路上的一片树叶……它们中的每一个，都让飞驰的光阴，在那一刻为我行之缓缓。世上那些美好的事物，可能都是这样。

辗转而来，希望喜欢

尤其是墙上的那一丛粉红色的雏菊，它们之于我，就好像那一片水仙花之于华兹华斯。虽然一顾之后，那雏菊，那白色花，那石榴粒，都已不在握，可是它们来过，便得意须尽欢。

羡慕穿过四季去看人间风景的人，羡慕一份茶可以找到美丽的壶。其实没有壶，茶亦可饮。只是有了一把壶，那些精心焙成的叶子，才更具空灵。

如植草木，可写为诗。世间的美好，是在等着那一个人到来：它让我们因为一朵花而愿做一只蝶，因一颗星而迷上黑夜。

有情者，为人间惜一物，比如这粉红色的茶壶。

（2019 年 1 月 10 日）

陶瓷小和尚

已经秋天了。

给书架上的陶瓷小和尚洗洗澡，放回去。感谢它们一年来的陪伴。

是不是相随久了，哪怕是小小的物件，也会彼此在心里留一个位置。

四个陶瓷的小和尚，是去年去西安，在街头的一家店里买的。它们并排、打坐、端坐、凝然。一个弹琴，一个执棋，一个读书，一个画画。

未曾千寻，只是一顾。

弹琴的小和尚，琴横在膝头，左手在琴，右手悬起；下棋的，左手亦在膝头，右手拈棋，望局而思；读书的洒脱一些，身体略向后倾斜，右手撑地，左手拿着一本书。

每当与它们对视，我的心都会如积水空明。

于这繁华的人世走一遭，总会有一些时刻，比如雪落时，花开时，就想那么坐着。我和这四个小和尚，彼此平等相容，不必彼此相属。

抟土赋予它们生命的人，我也不认识。这般如明月不悲不喜，也应该有颗别样的心吧。这会让我想起，许多年前的一个和尚。

十几里外，有一个寺庙，在我读初中的时候，远没有现在的香火鼎盛，信徒络绎。只是在村落南面的山野间，青石板的古井，茅草屋的禅房，也只有几间。

我们去那里，不是为了拜谒，而是游玩。一口铁钟，据说是百年前所铸，用木棒敲击，钟声清越。我们最喜欢的还是沿着几百级的青石板路，一路像松鼠一样跳跃着上去。山顶有观音阁。置身山顶、松涛、村落，历历在目。

寺庙里的和尚，我也是不认识的。

那是一个雪天，我们骑自行车去，苍山负雪，明明如画。风吹雪落，轻盈如飞花。下山时听到，离我们最近的一间禅房，有读书声。而且，禅房的窗子也是开着的，我们就走过去看。那是一个年轻的和尚，端坐在炕上。见我们进屋，放下书，对我们微笑。

"这么大的雪天，你们还上山了？"他问。

"来看雪。"我说。

"那也是有缘。"他说。

"师傅读的是什么书啊？"

"佛经啊，是佛陀的话。"

"佛陀是谁？是佛祖吗？"我那时真是不懂。

"佛祖就是佛陀，佛陀就是佛祖。"看我懵懂如顽石，他把那一小卷佛经递过来，"送你吧，回去读一读吧。"

"不用，"我摸摸脑袋，有些难为情，"我不信佛教。"

"信不信都可以，了解一下也是好的。几位慢走，我要读书了。"

许多年过去，那本佛经也已经不知何处，那个和尚，我后来也没怎么见过。然而我心里总会想起那样的画面：雪天，山脚下，一个和尚在那里，开窗，对着满山的雪读书。

苏轼写过的，"人生到处知何似，应似飞鸿踏雪泥。"可是，水总会遇到鱼，风总会遇到花。在这以年华为履的世间，总有一些脚印让我们怀念。

（2017 年 9 月 15 日）

香港来的石头

7 点 10 分，交通岗路口，我出去的时候，韩睿正在车门那里朝我招手。一起来的，还有他怀着身孕的妻子。他微笑着，虎牙赫然，略作寒暄，驱车送我回家。

打开白色的厚塑料袋，知道那里一定有一块从香港带回来的石头。没想到却是两块。蓦地看到了那张字条：

红磡和维多利亚港寻出的两块石头。

香港人都在吃的润喉糖，课上多了可以一试。

收集了几枚港币以作留念。

感念而又有几分愧怍。一是朋友这两块石头。二是曾经我对于石头的这一点心念，却劳故人万里之遥，仍如张翰思鲈一般，为我记得。

十几年的朋友，初识时是在一个学校，他教英语我教语文。他在他的分校里，怎么都像一堆红粉间的一个青衣的角色。即使是在不多的交流里，也觉得他不是我这种池中物。后来他去南方，可能因为路途之远，彼此更可以说说生活的滋味，他说他的南方，说说令他心动的女孩，我说我读的书，就像两个可以偶尔坐在一起，慢慢地饮杯酒的江湖客。

于是开始一份交情，在心灵的物候里。后来他回来，做他的外贸主管，然后他娶妻，偶尔也教几个弟子。小饮似乎也就多了，可以偶尔坐在一起，慢慢地饮杯酒，说说心情，感慨流年。

案头的那些石头也是，我知道它们中的每一块在我手里的温度。就越发觉得，我，或者我们，此生其实为一种温度活着。有的如炉中烈焰，有的如千山暮雪，有的懂你眉间的一颦一蹙，有的是你心里仅炼成一粒的金丹。然而是这样的温度亦深足惜，不必泉涸相与，不必千里结言，只一杯酒已好，不早不晚，不浓不厌。

这两天又讲到了《记承天寺夜游》："念无与为乐者，遂至承天寺寻张怀民。怀民亦未寝……"在苏东坡一生的天空里，张怀民并不耀眼，然而，那一夜的月色美，那庭下如积水空明，你我都在，便像极了兰亭的茂林修竹。

此番老去，便不再回，仍要相谢，哪怕一块石头，一杯酒给我的温度，虽有寒暄之数，却可以不论赢输。

（2018 年 9 月 5 日）

泰山来的石头

泰山来的石头。此刻，它正在我的案头，千里之远，此刻却可触可感。

有人建议我说，应该把我清洗石头的样子拍下来，一块石头，迷恋成那样。

我笑笑，这块石头，它见过秦皇汉武的。

若我没有动念，它与我有何缘？它只是原生在泰山上，再寻常不过的一块，没有补过天，也没有幻化过人形。它只是它，我只是我。少年时的语文书里，也不记得有关于泰山的名句。更多可能是在历史和地理书上，日出，石刻，十八盘，挑山工，像一个小小的盅。二三十年间，也曾擦肩而过。但也总是惦念，虽然不及拉萨，可是，也像是一个故人。时间会让所遇见的某些事物，在后来的旅途上，成为原生的情怀。

辗转而来，希望喜欢

这样的一份情怀，在我心里，加上与生俱来的身份，少年和青春时的刻苦相思一样，不可释怀。所以，当燕子告诉我去济南，我还是脱口一句："给我带一块泰山的石头吧。"

感念燕子，此行她虽然并没有去登泰山，也还是托自己的同事，登泰山时，给我带来这块石头。不知道她是如何跟同事说的，也不知道她的同事，会不会有"见渔人，乃大惊"的心理。可是，燕子答应了，她就一定会为我把石头扛回来。

就像老郭，在山坡上，我们痛饮的那场酒。

总有几个人，容许你我的忧伤和任性，也不问为何，只是彼此都在，就可以戏谑，可以久不相逢，但在心灵的模板上，他们固执地，感冒一般，都在。

情千缕，酒一杯，声声离笛催，听燕子说，这个月末，张丽娜要到南方定居了。从前的日色变得慢，现在山水与时光的距离，都可以随时相见，可是，一份送别心，此刻，我们的心里，还是五味杂陈。

那些原生的我们，心不用绕行。

有人问我，为什么开始喜欢石头。我说，你看，它们与我不近不远，一直都在，不轻易别离。我温暖它，它就会有温度。我转身离去，它也注目不语。如此的温润不伤，为我无恙。

经过多少人间的泉涸，才会懂得一衣之暖。经过多少人间的聚散，才会懂得愁心明月。

（2018年5月4日）

银　子

一

写过那两个陶瓷的棋者，蓝衣白发老者的注目，白衣黑发的中年人落子。他们头顶，那一株盆栽的榕树，到深秋，已是冷绿。

每天，都有树叶落下来。如果落在花盆外，我有时间就过去，掇起，放进花盆。给这秋天的榕树，一点覆盖的温暖吧。我能为它做的，因缘之间，大概只能是这般。

贫寒的青春里，用仅有的钱，买几粒感冒药，给喜欢的女孩。或者在那个冬天，求一个同窗，把我的大衣，带给长跑归来的她，比起她的羽绒服，我的大衣会厚一点。

我曾只有那么多。

二

给阿董的茶书，今天快递去了。还有那本《江南记》。之前胶印了几百本黑白的送人，只有两本彩色的，一本留着给儿子，一本给阿董。

苏州，我只去了拙政园。那里的荷花极美，亭台轩榭，假山池鱼，如今也只记得是看过，却已不再深刻。

可是，从上海赶过来一见的阿董，却令我感念。流年里的一杯酒，也不必寒暄。只是眉目间的一笑，惊鸿往事，如炉中的火焰。

锦衣明月，此去多年。还要在人间许多年。

没问过阿董，是不是也喜欢饮茶。可我似乎，只能送得这墨香的茶书一卷。我曾托之于手，愿故人欢颜。

辗转而来，希望喜欢

三

没有忍住，买回了一个银镯子。上面那条简约的鱼吸引了我。

我没有佩戴饰物的雅好，几十年的人间，富贵于我如浮云，何况，我从来也怕束缚。

然而，今天路过时，这小小的东西，竟然让我一见倾心。慢慢地抚摸，并没有非要佩戴的必然。

我是想，把它带在身边，目光所及，会有一种温暖。

就像前几天，购书获赠的那只紫红色的杯子，放在我的案头，不饮茶的时候，我也喜欢看看，也觉得暖。也许是因为，它在那里，我跟它之间，可触可感，不必寒暄。

这只银镯子也是，手之所触，它那么安然，似乎懂得我所有不必说出的眷恋和爱怜。

（2017 年 10 月 8 日）

玉皮珠

玉皮珠，十一颗，每天无数次捻过。

苏州来的。

平生不好金玉饰物，这一串也是，戴在手腕上，远不及绕指之悦。

慢慢地，记住了它们中的每一颗，从质地到色泽的斑斓。每一颗都不同，像一颗又一颗星，一个又一个人，带着彼此的温度和故事而来。

开始迷上这种感觉，明明是石头，与手指相摩的瞬间，却暖而柔软。

世间最难得的，是彼此真正识得，音声，气息，脚印，衣衫，文字；

像花朵识得蝴蝶，潮水识得明月。不为身价，不为般若，只于苍茫的人世，守一份小小的执着。

此刻，它们是我的。只是我的。比一卷书，一世人，更多几分亲切。如此，安好，一顾之间，一握之间，不惊，不奢。

虽然，它们略有瑕疵，却仍是我的无名之宠。

有人说，玉皮珠，其实只是石头。我说无妨，倾城之玉，何尝不是石头？

人间的每一处瑕疵，我们慢慢都会遇见，然而世上多少瑕疵，都是时间里我们的自设。若有一天，能从遗憾到看淡，终于到深谙，从此不厌不倦，才是爱这人间。

书不必读到醍酒之设，花不必看到白发如雪。醍酒一杯可尽欢，繁花一场亦深得。何处不可寄一梦？

（2020 年 7 月 24 日）

气 息

在一本书里读到一句话：按时看日出。

折服于那些按时到来的事物，或者人。比如归鸿，比如冬天的雪，比如日落，比如灯火。无论悲喜，光阴成纪，它们会在生命中，变成一种气息。

人总是要在时光里前行的，归于远方。自然也带着一路上的所遇，形成自己的气息。此一处江湖，彼一处江湖，此处一个我，彼处一个我，音声总是不同。所以佛祖才这样说吧：若以色见我，以音声求我；是人行邪道，不得见如来。

唯有那固执如月阕的灵魂，才不肯随时光远去。这灵魂一定在我们躯壳的某一处，只相信人间路上，古往今来的一种相似的气息。你看白眼对

辗转而来，希望喜欢

人的阮籍多么倨傲，却因嵇康的一壶酒、一曲琴音而为之青睐。世上也一定有过什么在等着我，或者一定是我在等着什么，一瞬间容光必照。

曾经告诉一个孩子，等我离开这一世的时候，一定要把书柜里的那些书，都为我烧了。

世上多少平庸的圆满，能寻几分月缺之酣？

张岱雪夜游西湖，"到亭上，有两人铺毡对坐，一童子烧酒炉正沸。见余大喜，曰：'湖中焉得更有此人！'拉余同饮。余强饮三大白而别。"

"月，阙也。"

江南之行，夜游沈园回到宾馆后，我一夜恍惚，也许是《钗头凤》在心里相随得太久，眼前总是那两个哀婉的身影，千年的人世沧桑，江山故国，动人心肠的，仍是那"红酥手，黄藤酒"的几行。我总觉得他们还在，并且从未离开。

今冬，因为一次考试，回到当年的那个工科学校。拾级而上，心忽然间像进了一个缝隙。别来已久，那气息还在啊。分明是那个脸庞清瘦的我，从那边的走廊里过来，看着我，不说话，笑一笑进了教室。我在教室前伫立，里面分明又是空寂的。上午的光影明媚，它曾是多么甜蜜而忧伤。

我坐在楼梯口，像一个孤独的孩子。我伸出手，想要抓住往昔的时光，可是它已经空空如缶。一步一步地下楼，此生，不会再来了。耳边，只是那样的句子：

> 他说远方荼蘼好
> 谢谢相候
> 饮一杯就走

（2017 年 12 月 28 日）

可 待

一

又一枝月季将落，剪下来，放在黑色的茶盏里，那种丝绸样的深红，我用一个午后的时间记得这场相逢。

这几年遇见许多花，茉莉，曼陀罗，雏菊，海棠，都绚丽可人。然而最不曾相负的，是月季。月季之中，去年千山暮雪时开的那枝，始终不肯忘。

茉莉洁白如雪，扑鼻香浓，只是短暂。海棠倾城，又若灭若没，往往不可以寻。算起来似乎只有月季，陪我最久。她来得不仓促，落得不突然，有几株在那里，总是缓缓而次第地翻来，如故人之约，禁得起顾盼，告诉我，只要我在，她就可待。

二

有时会打开柜子，看看春天时存下的黑茶。虽然是不多的几块，却时常让我想起。

五年或者十年之后，我要比现在老，它们也是。我们一起经历些时光，我看它们，也会渐渐不同。也许，我看它们如故人，它们看我，估计也已经不陌生。

用一生的时间去看，世上多少人与物，可待胜过一枝月季，一块黑茶？

那年去游江南，在杭州的宾馆里，听到四川地震的消息，听说九寨沟也几乎被毁。

辗转而来，希望喜欢

不知道重修之后的九寨沟，如今是怎样的面目。虽然那里不是我过去也一定要去的地方。然而人间形胜，一旦不能有，无尽的时光里，江山之美，尚不可待，能不令人扼腕？

拉萨归来，便有蜀地一游的心。栈道峨眉，以待我多年。不必一一走过，只一场遇见如张岱湖心亭上，强饮三大白而别，已好。

"缘"这个字，不知道古人是怎样造出来的。一线之力，可以托付坚韧如苇的时光，可以一瞬间从此苍茫。

若可待，不必后来再苦苦追怀，一壶酒暖，一城花开，一粒沙成珠，一个人穿过漫天风沙而来，此生，就可以不恨。

三

几年前回故乡，正值盛夏。记忆中，空气里应该弥漫着蝉声。可是，如明月夜中的星辰，寥落得只有那么几点。

询问之下才知道，这许多年里，蝉的幼虫，也就是蝉蛹，已经成为人们餐桌上的美味，野生的蝉，因此几乎绝迹。以至需要人工养殖才能满足人的口腹。

唏嘘不已。记得少年时，夏天的黄昏，我常去河边的菜地里寻找蝉蛹。它们破土而出前，树下会有一些小小的出口，食指探进去，会发现一只，或是两只。

蝉蛹带回家，放在蚊帐里，第二天早晨去看，蝉蜕旁边，一定是一只脱壳的蝉，那种蜕变，如此神奇而自然。

然而现在，它们几乎都要销声匿迹了。

四

初中毕业前，有一个人到教室里来卖他写的诗集。至今仍记得那本诗集的名字，叫《凄婉与港湾》。那种分行书写的文字，多少次让我生出写一本书的念头。

吴也喜欢。他常到我住的简陋的仓房里，出声朗读那本书。他最喜欢的一首叫《红豆》。

我们开始写作，我写诗，他写一点散文。偶尔也能在当时的《广播电视报》上发表。

吴的弟弟比我们小两岁，也加入到我们的行列，也发表了一篇。其中的一句，到今天我仍然记得：

"在一堆青涩的果子里，那个不太酸的，我们会觉得很甜。"

许多年后，我教书，写了自己的第一本诗文集。吴做了商人，他的儿子成为我的学生。他的弟弟，因为性格和一些事情，自我封闭起来，再没有动过笔。

（2019 年 7 月 1 日）

小　象

那两只梨花木雕刻的小象，是两个孩子从海南岛带回来的。我把它们放在书柜里，却很少去端详。早晨起来，清理书柜，第一次认真地看看它们，来了这么久了，怠慢了。

初夏的时光，繁花大都谢去，虽曾掇之入缶，却没有少年时烟水般的感伤。阳光透窗而入，照在深褐色的小象身上，如此的光影，却令我莫名地揭开心灵的鳞片，它还在，在鳞片的深处，那一段文字。

语文课本里学过《黄河象》，却是那只陷入泥沙的象，光阴中成为化石。那是我对于象的第一次记忆。现在这记忆还是如此清晰。

1999 年吧，我在开原，编辑着一张小小的报纸。当时那是个小城，10 块钱，就可以坐出租车绕城区一周。没有太多朋友，也没有爱情，偶尔会跟几个年纪相仿的人，喝一点酒，然后跑到马路上，沙哑地唱歌。一旦有闲暇，就去书店。有一次，买了一本广告策划的书，里面就读到那段文字。

说的是象老了的时候，就会离开象群，独自去一个地方，用最后的力气，挖一个坑，然后静静地躺在那里，等待着死亡的到来。

不知道为什么，那段文字，一下子就像荆棘，刺进了心灵最柔软的那个角落。也许是少年时就开始的，无法摆脱的孤独感，也许是灵魂中有什么与此相应，从此很少去看去读这种生灵，有意地避开，希望它们不在。

许多年，我都有意地避开。

今天再看到小象，这样明媚的初夏，这样走过近二十年时光，不该忧伤的。我掘开想象的创口，往时光的岩层中去感受，它们还在，或者从未离开。那里分明存在着另一个我啊，目光忧伤。他看着我，似乎想要跟我故人相访，又似乎已隔了许多沧海。

他也一定看得见我手边的小象。他说，它们很可爱，你应该让它们挨得近一点。

他说，不必对世人说起，少年的模样，头顶的星辰和雪。

"那本书还在吗？"我问。

"在，"他说，"只是，它属于我，已不是你的。"

不对，那我怎么还记得？

只是相似的，他说，人一生会遇见许多的自我，却没有一个不可分割。就像这两只小象，它们也许来自同一块木头，在光阴里成形，如世上每一个你我，每一次花开落，每一场月圆缺，相惜如昨，却又相忘如客。

此生，心里曾有的真挚的，冷暖徘徊，有多少可为你我，经得起一场雪夜访戴。

（2018 年 5 月 9 日）

梦里雪飞不知冷

我写过一个和尚，在那间茅草僧庐里，开着窗户，对着一山的雪读书。

那时的我十六七岁，未谙人间，也许是过早地知道了人间不是书卷里那样，我有时也会逃难一般地，到后山的雪地里，坐着读一会儿书。有一次，确实是在雪地里睡着了。醒来时，满山的雪，一时茫然不知道自己身在何处。

梦里一定下了许多雪，可是我并没有觉得冷。

《热爱生命》里的那个淘金者，在挣扎着爬向海滩的路上，在寒冷、饥饿和病狼如影随形时，他也是在做着一个又一个的梦。那梦里，会有丰盛的食物，会有温暖的衣服，会有还没有抛下他的伙伴。当然，也会有荒野上的浆果，有鲦鱼，有丢弃的金子，有驯鹿的骨头，当然也会有无边的风雪。然而，他的梦里，应该是不冷的吧。

南柯，黄粱，临川梦，我都没有遇见。只是，在一个又一个的梦里，我曾走过许多路，遇见过许多人，也有惊悸不已的，然而，更多的还是轻柔的气息，带着雾气，时而轻盈，然后，又轻柔地，雾气一般地消逝。

终于到了这个数字：42岁，父亲去世的年龄。它在我心里太久了，像一座山丘，在这里等我。42岁的我，开始吃力地，想在梦里遇见父亲。甚至，哪怕只能梦见那枚他留下的，终于又被我丢失在人间的生肖牌。

此生的父子一场，我不知道他有没有梦见过我，欣喜的，牵念的，嘉许的，还是失望的。此生不可再相遇，梦里也断无消息。那么，这一场父子情分，就像是梦里的雪飞吧，也只有在梦里，才不那么冷。

辗转而来，希望喜欢

我是固执的，不喜欢白发的。少年时，村子里有一个比我大一点的孩子，他就是半头白发。那星星如雪，却非沧桑暮年，令我不解，从此对白发，有了一种莫名的怆然，只要发现，就拔掉。梦里的飞雪，是曾经拔掉的白发来寻我吗？生命中，其实没有遇到多少可以求着为我拔掉白发的人。到现在，也只有母亲吧，可是也怕白发，许多年里，一直染黑了才肯略微安心。我固执地守着自己的心，像一个更夫，守着寂寥的城池。我也是笨拙得不会善待妻儿，笨拙到让他们几乎从不肯为我拔掉白发。

索性剃得短短的，使之如初雪。

老于 1999 年。

那一年，我 23 岁，在开原。其实那个城市挺好的，宿舍旁边，有一家小饭馆，他家的炸黄花鱼好吃。每个月发了工资，我都会过去，要一盘，慢慢地吃。再去买点书。除了偶尔见到的老项，几乎都是萍水相逢。

没有爱情和梦想的时光里，也喝了酒，跟几个人一起去马路上，大声唱跑调的歌。

慢慢地，那个城市我开始熟悉，却不是亲切。有一次病倒了，躺在一个小诊所里，一位老医生给我开了三瓶滴流。他说，得扎一个下午，没有人来陪你扎针啊。我说，不用。滴流里有一瓶黄褐色的，应该是金银花吧。后来我写过，那个午后，我自始至终，注视着那黄褐色的液体，缓慢地流进我的血液里。

可能从那个午后开始，我就老了。我知道，从此开始的人生，我要隐忍，努力，不对世人说苦，不可以落泪。为什么要落泪呢？为什么要对世人说苦呢？慢慢地，我跟许多人变得熟悉，却算不上亲切。雪很冷，那就放在梦里，让它们在那里飞。

当我，明白此生，任凭多少孤傲拘谨，走到这里，已经平凡得可以。恍然，我是那个贫寒的岁月里，并不太缺少恩宠的孩子，可以利用生病的机会，要挟母亲给我买供销社里那顶海军帽；可以跟她去地里铲草时，说好只翻一垄地瓜秧就走；我可以淘气地用罐头瓶盖撬开父亲的嘴；去喊二爷爷吃饭，他走得很慢，我踢着石头走在前面，像一个牧童领着一只年老的羊。

梦里雪飞不知冷，恍然已是半生程。

（2018 年 5 月 19 日）

上 元 雪

今夕不知是否有雪。

有雪的春天是动人的。何况是上元。

写上元的诗词，辛弃疾的《青玉案》，欧阳修或朱淑真的《生查子》，都是一下子可以记起来的。

《青玉案》是一场人间的繁华，纵然也有千百次的追寻，却终于可以在灯火阑珊处见他在。那东风花树，玉壶光转，令人看不足。《生查子》里一场相约，再来时去年人已不见。

此生我们或许都会遇见一个人，在怎样的时间和地点，或是执手相看，或是相视曾暖。那么美的相见欢，任岁月的千手，把后来的我们推向不同的驿站。然而回首时，仍是少年心的苦苦眷恋。

后来多少的花开落，抵不过，一个人陪着你，从一座烟火粲然的桥上走过。时间终归是一条可以结成彩扣的绳索，只有几根丝线灵魂里生出，可以结成一生的彩扣。可惜一开始你不知道，你手里的千百根线，那几根丝线在哪里。直到你遇上一场上元雪。

苏轼，他也写过上元的。在密州，他却也是先要从灯火钱塘起笔。"帐底吹笙香吐麝，更无一点尘随马。"那般温暖，那般快意。密州的上元，寂寞山城，昏昏雪意，已不复少年心。不知那一个上元夜，苏轼有没

辗转而来，希望喜欢

049

有等到雪，也不知世上的人，走过了少年的笑语盈盈，走过了后来的灯火如昼，一生里看过几场上元雪。它不疾不徐，你一身雪意。

（2019 年 2 月 19 日）

春雪未至

在春天，要等待一场雪。

或许是一份心灵的仪式感，每个春天，我都等待那一场春雪。

她几乎年年都来，飞扬在料峭的风里，一如漫天的柳絮。她走过无数的云水之程，再来，只为一相顾。

然而此刻，盈盈的却是一场春雨，她淅淅沥沥，轻轻润物。城市的桃花，都已含苞，物候之信，像造化手里——数着的念珠，在某一颗，或许多一点停留的瞬间，最后还是要捻过去。

春雨，本也是可人的，也多少次羡慕过陆游，小楼一夜听春雨，一壶茶，一卷书，一时的慵懒意，该是多么难得。

可为什么，在繁花似锦之前，在蓦然回首之间，我总以为春雪会来。一如泉涸中鱼儿对水的渴盼，究竟是从何时开始的，又为何会如此不肯释怀？或许只是我心里的空念远，逆旅上只一场春雪如怜。

她来了也会去，美得无绪。仿佛她都知道，她是我此生里的一人之故，一花之盅，一毡之暖，一曲之抚，是我不肯再轻与人说的眷恋与局促。

（2019 年 3 月 20 日）

小 盘 旋

仲夏，虽然不十分热，还是把案头的红茶收起来，换了绿茶。有时是龙井，有时是故乡的苦茶。

没有小炉烹煮的闲暇，紫砂的又太雅，索性用一个玻璃杯子，晶莹剔透的玻璃杯，有一点"诸法空相"的意思。水注入杯子，遇到蹙眉般的绿茶，茶叶慢慢地舒展开来，像蝴蝶在风中弄着翅膀。它们忽上忽下，起伏之间，美丽可耽。

一粒香，点燃，青烟氤氲，也有这样的观感。

"时策杖，小盘旋。"宋人的句子，初读到就已惊羡。喜欢蝴蝶，轻盈明丽，无怪乎庄子梦中都想化身为它们。世上有几个人是蝶身？一壶酒，一卷书，一身风雪，仍不失一味天真。若非蝶身，多少的淬炼，可以轻扶一杖，看得雨后的天蓝？

世上从来无身轻。入身之物，皆有其形。唯有一颗修炼过的，经得起欢苦聚散，并且最终愿意与它们相认的心，才可以像这玻璃杯中，遇到水舒展开的绿茶，缓慢，可耽。

订购的香到了。晚间，拿出一粒，摩挲，轻嗅，点燃，晶莹的星火暖，像心上的绚烂，然而氤氲的烟气，沿着香炉上蜿蜒的曲径，缓缓倒流，像时光在这里，为我作小盘旋。

(2018 年 6 月 4 日)

辗转而来，希望喜欢

051

读 书

少年时能读到书，对于我而言，是一种奢侈。父母都未入过学校，尤其是母亲，她本真地认为，只有学校里发的书，才是好书。我几乎没有一本课外书。荒芜的渴望让我甚至能背诵整本的语文或历史书。有一次，我从镇上的书摊买了一本黑白的小人书，为了逃过母亲的法眼，我只能把书包裹进塑料，埋在大门外的泥土中，母亲不在家，我赶紧挖出来读。

去大姑家，西屋是仓库，布满灰尘，幽暗如古宅。可是里面有书，两个哥哥的教材。我看得忘食。实在没有可以读的了，磨盘上的一本《毛泽东选集》，也会令我入迷。忧伤的记忆也有，有一位富足的同窗，用五本小人书跟我换了我的弹弓。后来得知我丢了一本，他就反悔了，让我赔偿他五角，否则就告诉老师，说我借书不还。我给了他五角，过了几天，他又来要。我不胜其苦又无可奈何。后来我说，不用你了，我去告诉老师，他才作罢。

来塞上读初中，家境虽贫寒，但手里只要有一点钱，就去买一本。汪国真的诗，作文选，多是此类。有一天，供销社那个卖书的阿姨，当着别人的面就说，看这个孩子，不知道是谁家的，有点钱不买吃的，就来买书，将来一定会有出息。"有出息"这三个字，最早是母亲说的，她说，在我很小的时候，村子里来了个算命瞎子，说我将来一定不是吃家里饭的孩子。我问母亲，什么是不吃家里饭，母亲说，就是你会有出息。少年的心，对于未来的路，总是期待与忐忑参半。我不知道，除了读书，我的路在哪里。

真正意义上的，属于我的第一本书，是中专第一个月发了奖学金，买的《三国演义》，岳麓书社的，硬壳本。开篇的那首《临江仙》，甚是喜欢。当天就背下来了。工校岁月，似乎唯有书不太负我。1995 年，除了"7·29"浩浩汤汤的洪水记忆，就是我在我的泥巴书屋里，读了七十多本书。

有一个周末，跟三五同学去公园，小饮远足，走到前戈（地名），路边有卖书的。《徐志摩作品精选》赫然如黑夜中的闪电吸引着我，可是口袋里没钱了。凑来凑去，买！剩下的七八站路，十几里路，跋涉回来，竟然不觉得累。

印象最深的，是 1998 年毕业时的春天，班里在传阅路遥《平凡的世界》，据说许多人读哭了。我没有。但是我惊讶于孙少平那种要离开乡村，去寻找另外一种生活的勇气，以及他后背的疮痂，手里的《白轮船》。青春的尾声里，我在流浪，去过许多地方，最艰难的日子，枕头都没有的日子，一本盗版的，字号极小的《平凡的世界》，一本盗版的，写唐代历史那部分的《资治通鉴》，就是我的枕头。

那时候在读书，轻盈而迷离的年华。我喜欢的女孩，带来一套《荆棘鸟》，我说我要看。当然也无数次想，写一个纸条放在书里。勇气欠佳。过了半年，又借了一次。我一页页仔细地翻，甚至希望，会有她的一根头发，一个指印，或者手写的，哪怕只言片语的暗示。那时我们就要各奔东西了。书里的故事，已经像青春，雾里的杨柳，只记得那部书的序言："传说中有这样一种鸟，它毕生只歌唱一次。"

后来就有了许多的书。遇到喜欢的，就买下来。有时，深夜里，我会静静地，孤独地，一杯茶，一卷书，纸上的天地人间，爱恨的千回百转，所往的阴晴聚散。最初读《红楼梦》，我是读困了，睡着了的。可是许多年已走过，已经清醒地怕读《红楼梦》，怕那种繁华在眼前，一片片落在眼前，终于的虚空。

一日，行到毗陵驿地方，那天乍寒下雪，泊在一个清静去处。贾政打发众人上岸投帖辞谢朋友，总说即刻开船，都不敢劳动。船中只留一个小厮伺候，自己在船中写家书，先要打发人起早到家。写到宝玉的事，便停笔。抬头忽见船头上微微的雪影里面一个人，光着头，赤着脚，身上披着一领大红猩猩毡的斗篷，向贾政倒身下拜。贾政尚未认清，急忙出船，欲

待扶住问他是谁。那人已拜了四拜，站起来打了个问讯。贾政才要还揖，迎面一看，不是别人，却是宝玉。贾政吃一大惊，忙问道："可是宝玉么？"那人只不言语，似喜似悲。贾政又问道："你若是宝玉，如何这样打扮，跑到这里？"

回想半生的光阴，读书究竟给了我什么？或许不是稻粱谋，不是英雄梦，而是世上那么多的人，那么多的故事，那么多的战火，心事横陈，杜鹃啼血，江山故国，胭脂墨香，都留在眉间心上。

再买《苏东坡传》

没忍住，又买了一本《苏东坡传》，林语堂的。算起来这是第三本。最早的一本，在二十年前旧书摊上淘来的。铅印，当时纸张就已泛黄，翻开时像小心碰触即将褪去的疮痂。尽管是译本，但民国大家的文字，毕竟有运斤成风之力。

一直觉得，世上的真文字，它不是美丽如鹿角的装饰，不是海市蜃楼，而是把一种别样的亲切带给人。少年眉州，扶摇皇榜，淋漓恣肆，西湖激滟，乌台诗案，黄州月色，泛舟赤壁，乃至岭南之行，海南贬谪，一步步，淬炼成沉香。

在那还是贫寒的青春岁月，它给过我多少慰藉。有时候，我甚至会闻一闻书页，那里面不只有墨香，还有几分艾草轻焚的气息。

直到后来我们走失了。不知道究竟是借给别人还是送给别人，或不小心遗落于某处，某段时光。

今年早些时候，朋友送我四本书，其中一本居然也是林语堂的《苏东坡传》，一瞬间欣喜如见故人。打开，似曾相识的气息扑面而来。从眉州那个小县城，到不系之舟的结局，我都一一看过。像那个徒步千里要去看他的道士，我也持一颗心，跟随他天南地北地行走。

庄子最懂得人间的聚散，他鼓盆而歌，他栩栩梦蝶，他持竿不顾，其实对人间，还有一份莫扎特的外静内热的情怀。太爱一个人，一卷书，一段时光，终归会走到要么泉涸，要么江湖云烟。也或许，经过了泉涸，哪怕在身形两忘的江湖云烟里，也会记得那样的一种气息。此生该这样，读几卷书的。

（2018 年 6 月 28 日）

想抄一本书

在一些博物馆里，会看到古人的经书写卷。也曾读过一些书，说佛教徒出于对佛和佛经的虔诚，会刺血写经书。

血滴沥于碗中，字凝然于青檀。

这些，都会让我心生敬意。

仰望天空，目送归鸿。我们在人间，又何尝不是归鸿。

世上的那些美好的东西，青铜，锦绣，玉石，佳墨，纸伞，茶酒，丹青，之所以流传至今，还是因为有过那些认真的，以之为深眷的人啊。

少年时，我是喜欢抄一点书的，语文，历史，地理，一页一页地抄写，书里的那些字，慢慢地就印在心头，让我欢喜。

许多年后，买过一本《说文解字》，竟有许多字，从来都不认识。心中就有了一股豪气：给它们注音。

买来《古汉语字典》，一个字一个字地查，像排除地雷的工兵。公交车上，办公室里，家里，真有点像左思的"门庭藩溷，皆著纸笔"，遇得

辗转而来，希望喜欢

一字，即便书之。二十多天时间，终于杀青。

心下便贮下了一份富足。如千缕成衣，其暖可以相慰。

近段时间以来，一个念头始终萦绕：如果有那样的几个弟子，能够用心地抄读一部书，该是怎样的一种情形？

自不必蜂拥，只要素心而往。

唤起他们对文字的虔诚和热情，执笔如刀，历历分明。

这是一次心的远行。一本书里，有多少的家国之恤，多少的劳劳之声，多少的粉墨之盈，多少的羁旅深情。灵魂，需要以那些永恒的文字为枕的。

(2017 年)

沙 洲

一

一阕《望江南》，写尽了等待。

她很早就起床了。

对着一面铜镜，她用心地梳洗，云鬓，黛眉，胭脂。

思念的那个人，今天要回来。

梳洗罢。小楼的栏杆旁，那一天，她望。

船应在哪一段旅程，可否知她这样的盛装？

万语千言欲诉，此行可好？衣食可安？夜雨可暖？征尘可满？

千帆如云影过。不是。不是。不是。

那人呢？

说好的归来呢？

也许。也许。也许。

日影离离。

日影脉脉。

已暮。

她的目光，落在那沙洲之上。

那人呢？

春风滋味，夏木葳蕤，秋月清圆，冬雪又回。

相遇如惊，相随如恙；相离如顾，相念如伤。

曾经等过谁？千般相望，却此去茫茫。

二

读《诗经》，怕读《宛丘》。

多情的旅人，人群中，一眼就看到了她。像风中的芙蓉，夜里的篝火，跃出水面的鱼。

那美到让人绝望的巫女，是否记得，在这世上，有一个人，为你，一望成伤。

子之汤兮，宛丘之上兮。洵有情兮，而无望兮。

《诗经》和《楚辞》的句子里，哪一首会有这样一唱三叹的"兮"字。

你不必识得我，也不必看到，一顾之间，我的泪光婆娑，心中的荒凉殷殷。

三

那个小巷里，曾有一位老人在那里卖旧杂志。我很喜欢彩色的那些，关于旅行的，山河地理的，古典收藏一类的。我就经常去，挑选一点。

辗转而来，希望喜欢

057

慢慢地，也就熟悉了。路过的时候，有我要的，他就会说："来了两本，过来看看吧。"即便没有，或者我并非为买杂志而去，只是路过，他也会喊："没有，最近你要的那些，很少。"

他也问我，为什么买那么多的书，我就笑笑，说："留着，等我老了，坐在板凳上，读一读。"

有时候他不在，是他老伴在那儿。她卖得比他要贵一点，还说老头子给我的价钱太低了。那就贵一点吧。

那样过了一年，有一天，老人说，以后不来了，要去南方，跟女儿一家团聚了，不回来了。

我买过，放在书柜里的那些，就是飞鸿踏雪泥了。

四

去苏州，可惜没有去枫桥。确实想在那里坐一晚。那是张继的枫桥。

虽然，枫桥已非旧貌，但只要站在那里，那种刻骨的气息，仍会一瞬间，如惊鸿照影。张继来过，枫桥就一直在呢。

就像去沈园，据说，只有那面镌刻着两首词的墙，青砖还是南宋的。可我知道，那也不是当年陆游写下《钗头凤》的地方了。无妨。该是这样。

羊祜登岘山，怆然泪下。

人寿几何，可以胭脂细画？

我在，你来便好。

五

曾有一个人，这样跟我道别：

无论我去哪里，或者多久，口袋里都要留一枚硬币。当我混不下去了，或者想回到这个城市了，用那枚硬币，打个电话，她会给我寄钱，让我买张车票回来。

曾有一本书，在青春时流浪的岁月里，是我的枕头。开头的句子，二十年后我还记得："1975年二三月间，一个平平常常的日子，细蒙蒙的雨丝夹着一星半点的雪花，正纷纷淋淋地向大地飘洒着。"

曾有一个地方，那里有火花海，我想去看看。然而先去的是江南。我的江南之行还未结束，火花海已经在地震中残损。

那场道别已久，岁月里却不再相候。

那本书还可以买到，却只如旧缶。

那个地方还可能重建，却已不想再游。

文字里的一次灵犀，炉火边的一次倾谈，风雨中的一个背影，少年时的一场烟花……恰好的相遇如沙洲，此去茫茫，犹可相忆；却再没有恰好的时光，可以笑泪相酬。

夜 雨

这一场夜雨，不会只是路过。

它是要来告诉我一些什么。或者只是来问问，许多年，我已走到哪里，又多少人间事，不可说，不可解。

滴答，滴答，无尘，无辙。

可以告诉一个人，酒暖了，花开了，告诉一个人快雪时晴，却无法告诉一个人，此刻的夜雨，在轻轻地落。

可它，固执地，不会只是路过。它滴答、滴答，似在敲窗，又似那心中独有的音声之羡。此刻，我似乎只有这一场夜雨，而它也只有我啊。

然而是在哪里曾听过，又多久不曾相见，不相呼，不梦回，却仍像一

辗转而来，希望喜欢

059

粒光阴的蛊。煮酒，酒不可释；焚香，香不可遮；抚弦，弦不可借；执卷，卷不可掇。

年华的夜雨，是这样的音节：少年听雨歌楼上……

心，一隙如墨。我是书卷中那个希腊的少年吗？一只小小的狐狸在我的衣襟下，撕咬着我，痛复灼灼，然而我要一路走着，不说已多少痛复灼灼。

再远处，英雄已老，我亦何往？那易水萧萧，那铃声寒彻。留恋处，那人仿佛是我，巴山夜雨，一首小诗。

也读不得柳永的。谁再写得出那样的一场离别？执手相看，无语凝噎。只在这夜深处，我只是我，已非缘，已非劫，听得那雨声，滴答，滴答，无尘，无辙。

听一场夜雨吧，雨声如木鱼声，如碎玉声，心弦上，一一弹奏。天地本就是一首合辙押韵的诗。

更何况每一场夜雨，都不会只是路过。

（2018 年 5 月 22 日）

立 春

煮一壶小青柑，夜坐。

立春。从此将是春天了。我也跟目之所及的生灵，走过了一个少雪的冬天。

河流之上，未冰封的地方，那些野鸭；河流之下，依然流动着的水里，那些鱼儿，想来已经在时光的弦上，听到了生动的暖音。

此刻的江南，梅花可好？山野的残雪下，向阳的山坡上，草色应该在有无之间了吧。

一匹驿马，听过许多的风声，听过许多的雪，又走到了春天。

年华深处，行歌缓缓，有时的忧伤突如其来，灵魂的路上不知何往。像大寒的那几天，我的心正像一座古旧的炉台，搜寻许久，才找得到未熄灭的几块炭火。

或许是一本书，几行文字，一帧小画；或许是一盆花，哪怕憔悴的绿叶；或许是一位故人，雪天里的几句寒暄，令我思之念之。

故乡来的茶树种子，萌生了一株；阿董从上海寄来的小青柑，饮过几壶。也有三两次宴酣，半醺里说说流年。功名与剑，车马汗青，此生都未有，只在这世上的江湖，以心为舟，以笔为蓑，且作笑意吧。

还可以相认，归来的鸿雁，小园的桃花，因为春天它如约而来，知道我又等了它几分沧海。

（2018 年 2 月 4 日）

宛　丘

一定会有些什么，它们太美，在一瞬间，在生命中，种下蛊。

比如《宛丘》：

> 子之汤兮，宛丘之上兮。洵有情兮，而无望兮。

注释里说，那个旅人，路过宛丘，遇见一个女子，她跳着舞，美丽得让人绝望。不知道为什么，十几个字的句子，让我跟着忧伤了许多年。

其实，也不必问为什么。那样的一望太尽情。忧伤也好，灵犀也罢，

辗转而来，希望喜欢

若曾遇见，就该如墨之拓，如雨落瓦，好在缓缓远去的身影里，留几分尽情的微醺，取暖，止疼，经得起流光轻榨。

电子相册里面，有一些照片，我把它们放在一起，还给它取了个名字：不惧不还。我的许多带着温度的记忆都在其中。石头，草莓花，紫红色的陶瓷杯，泛黄的书卷，偶尔会梦到的故人，沙漠里的骆驼，它们都在，又多少次轻抚过我的心。

喜欢的书到了，也不立即就打开，我更愿意把它们放在书桌上，窗台上，酝酿一场动心的相遇。有花开，先去看看花开，看到它们落；有新茶，先去品新茶，只三两杯就好。然后，会在一个雨天，雪天，再无一人一物可以足够倾心的午后，取出那本书，尽情地读，无论几页，哪怕三五行，三五字，此身此时此地的饱览，像是千山万水的追寻。然后，它们就可以在我心的缝隙里栖身，成为暮雪中的炉火，明明暗暗的，是再割不去的亲近。

我知道，它们都是我此生的宛丘。

子之汤兮，宛丘之上兮。洵有情兮，而无望兮。

或许那无望，也是旅人的幸运。

看过三尺繁华，幸有一寸，作一生的绕梁余音。羡慕松鼠，冰天雪地里，可以啃着松子看日出。

如果此生幸运，总要留一些刻骨的东西，在眉间心上，缓缓到老。

(2018 年 4 月 3 日)

元日游西山记

　　山水之佳，亦在久为心印而已。比如西山，我依然不忘它当初的草庐铁钟。加上土路逶迤，林木鸟鸣，足以洗心。我即便是来游，也常在人迹少时。旧日之僧人，如今亦不复记得。

　　近年的西山，俨然已是名刹，香火之盛，四时不绝，更有除夕夜半前往祈福的人。

　　老郭也常去，一般在元日的早晨。今年约好一起去看看。有车马可乘，若达摩有一苇可航。

　　至西山时，远山有云，不过日色已可期。车已多，风微冷。老郭说，踏入山门，尘俗或可暂歇。过放生池，三五个手持红丝带的人，正在孜孜劝人施舍做功德。一笑。

　　台阶上的空场，正是五百罗汉簇拥佛祖之地。绛色的披风，应该是有缘者新换的。观佛，感念一人生两三千年前，至今令众生膜拜，所谓"死而不亡者寿"，其睿智慈悲，确能增世人的信心。来时的路上，老郭说，每个人都能从罗汉像里找到自己。

　　天王殿，伽蓝殿，都非常热闹，酥油灯丽泽摇曳。我极目看东山的日出，云影淡了，日光清澈，穿过人间的香火，照着朱檐青瓦。老郭逢佛必稽首，不知所求的是什么。

　　台阶拐角处传来钟声，令我心动。莫非是我去岁来访的铁钟？循声过去，不是。不过可以敲三下。

　　于是又去寻铁钟，尚在，鳞鳞喧闹间，多少有些迟暮之感。摩挲再三，辨其文字，怜其伤，惜其仍在。他年我辈不复来时，此钟还会在吗？

草木石阶，不能像铁钟扣之有声，然而可以比铁钟久远。

一定要去的，是观音阁。拾级而上，举步初若负重，相呼而登，偶尔也跑几步。勉力登之，令我忆起那次沙漠里的细沙上的跋涉。越往上登，日光越明媚，树影越清晰，如古人山水画淡墨的意境。

绕观音阁一周，将所得的红布条，系在灌木枝头。然后下山，浑身轻快如释。回人间去。

复到罗汉林，老郭去找他所说的自己，半天也没有找到。鸿爪雪泥，又何处可寻。

是为西山记。

（2018 年 2 月 16 日）

喜　欢

那年，在山西省历史博物馆，我看到了真实的鸟尊。其实也是巧合，本来是游览西安的，听到壶口瀑布一路向北的线路，居然也动心了。结果只能从延安回辽宁。好在时间还可从容，脑海中，鸟尊，去看鸟尊，这念头开始蛊惑我。去看看吧，它在那里等着我呢。

隔着玻璃窗，带着铜锈的鸟尊，两三千年前典雅的青铜器，依然有一种夺目的光芒。喜欢。博物馆文物琳琅，可我一个上午，像一个在山林间寻找人参的人，没有太多的闲暇他顾。

写过松鼠，公园的山路和灌木丛，每每看见它们的身影。据说松鼠冬天是不冬眠的，那么它是在寻找食物，还是饕餮冰雪阳光？是捧着雪啃，还是去饮清冽的泉水？

像松鼠贮藏松子，这一两年，我在贮藏一些看上去就喜欢的书，有时我凝视它们，心里便觉得富足、喜欢。闻一闻书香也是好的。昨天的文字里，我说，如果有足够的幸运，可以缓慢地老去，应该为自己留一点美好的东西。灵魂如驿马，也不妨有晨光中咀嚼草料的惬意。

喜欢，那些关于山水的文字，那些有意态的画，喜欢某一道美食，喜欢秋天的葡萄，喜欢春天的云，喜欢鸟尊，喜欢江南的陶瓷，喜欢精致的刀，虽然它们并未嵌入我的灵魂，有的擦肩，有的只是平行，然而，它们让我热爱这人间。

那一年，有一个弟子要去澳大利亚定居了，我走了许多的店，都没找到一个称心之物。最后终于在一家店的墙上，发现了一条石头雕刻的鱼。黑色的石头，朴拙的鱼，或者只是一条鱼的轮廓，心一下子晴了，就是这一条鱼。

那一年，禁不住朋友千回百转地劝说，决定去买几条鱼养着。走了半天，未有所获。后来却发现一个鱼缸里有几只蓝色的虾，宛若精灵，买了。它是深海那样的迷人的蓝色，我常去看。当然，买来的两只蓝虾，终于还是因为我不会照料，而魂归太古了。

后来我也没有再养过虾。美丽的事物，不必是我所有，就像《世说新语》中那个放鹤的支道林。无伤的喜欢，若不能隔座送钩，如月印川足矣。

1994 年，刚考入那个工科学校的时候，我最喜欢去地方就是阅览室。那里有许多书，坐在安静的角落里读，像濠梁之上观鱼的庄子。有一天，从书页间抬头，不经意地抬头，"忽焉思散"，一个长发白裙的女子，背对着我，隔了三四米的距离，只看背影，也是一本绝美的书。

我注视了她很久，直到二十分钟后，她起身，书放回书架，流风回雪地离开。

青春的那四年里，我似乎再也没有见过她。

其实也无须再见过。世上所有的相遇，都无法溯洄从之。去年冬天，那个极寒冷的夜晚，出去看百年不遇的月食和红月亮。确实很美，看了一会儿，就冻回来了。

红月亮很美，像一颗松子，我承认。

(2018 年 4 月 4 日)

繁 华

忽然就想去看公园里的桃花，计算时间，需要用一顿午饭的时间来换。那就换。

想起李渔，写《闲情偶寄》，一生活得风雅的那个人。他爱水仙如命。

记丙午之春，先以度岁无资，衣囊质尽，迨水仙开时，索一钱不得矣。欲购无资，家人曰："请已之，一年不看此花，亦非怪事。"予曰："汝欲夺吾命乎？宁短一岁之寿，勿减一岁之花。且予自他乡冒雪而归，就水仙也。不看水仙，是何异于不反金陵，仍在他乡卒岁乎？"家人不能止，听予质簪珥购之。

冒雪回家，只为看水仙。对这世间带着足够温度的心，总要情不知所起地迷恋着什么。没有一份迷恋，这世间我们所为何来？

打车过去。

从出租车上下来，远远望去，那是友人告诉我的桃林的方位。没有。只是一片将舒未舒的轮廓。小小怅然，桃花还没开，是我太冒昧了。去年春天，它们灼灼如火，千般摇曳，此刻却像寻不到的隐者。

所来非时。但既然来了，也作小小的流连吧。毕竟春天来了。这里，每一株桃树的枝条，都不复秋冬时的萧瑟枯瘦。沿着湖走，湖冰多半已消融，虽然风犹料峭，垂柳已颇见鹅黄灵动。这或许就是塞上春天的模样，不像江南，小楼杏花，一蓑烟雨，"画船听雨眠"。

再去小池边看荷。很久不曾来了。风过处，春水清澈，水中的枯荷随着水波起伏，竟然别有一番韵味。记得在一个店里看过的，粗陶罐，插一枝枯荷，安然如禅，像极了古人笔下的写意画。

这不也是一种繁华吗？那将舒未舒的桃枝，在我来的此刻，不也以此刻最美的轮廓来相见的吗？多少时间与自然的灵犀，才能成全一场此生不忘的天心月圆，华枝春满。

　　此生所遇，暖酒冷雪，红颜白发，皆是繁华。青涩的，耀眼的，笑意的，阑珊的，都在我们遇见的那一刻，竭尽往昔所有的珍藏。

　　月光宝盒抵不过轮回之变，至尊宝在盘丝洞前，紫霞骑驴而来，最初的一句是：神仙？妖怪？谢谢。也许只是寒暄。可是，那拔出宝剑的时刻，那一场相遇的繁华，已端倪初现。懂得世上那惊心动魄的繁华的人，是不是都能拔得出时光的宝剑？

　　抬头看夜空，星辰绚烂，却因为遥远，不能绚烂到极点。据说，夜空黑暗，是因为所有的光芒没有同时抵达，我相信有那样的一刻，就如我相信，我知道世上还有一种繁华，经过冰雪风霜，经过山水曲折，她会来，我也会来，我们是彼此的繁华。

　　桃花，记得我来看过你。在你还未开时。你在，我怎能不来？

（2019 年 3 月 29 日）

田　园

　　"结庐在人境，而无车马喧。"陶渊明的诗句。

　　在我的心里，始终也有这样一个地方：不用太大，最好有泉水；若没有，一口石井也差强人意；煮水的小火炉；纸窗，纯木的书架，可以放书，也可以放几坛酒；院子可大可小，一半用来种花，一半用来种树；花要月季和茉莉各半，树要杏树，看杏花疏影。

　　有一年，路过一片葡萄园，一个大牌子，写着：驿马葡萄庄园。当时就感叹，该是怎样的一个人，生活在这里。

　　半劳半隐，是人生的福分。

辗转而来，希望喜欢

后来我就许多次梦见，一处小小的田园里，我在慢慢地摘葡萄。

醒来，仍是无法释然地向往。

想起陶渊明，想起《瓦尔登湖》。

"归去来兮，田园将芜胡不归？"飞过天空的鸟儿，一生曾在多少个沙洲上落脚？生命的远道，几人可以匏樽不厌到老？

他在南山种豆，他在花丛中葛巾漉酒，他短褐穿结，再不复羁于车马劳劳。

梭罗，还有梭罗，他的瓦尔登湖，傍晚的时候，他在船上吹笛子，鲈鱼绕着他的船，似乎是被他的笛音迷住。

当然梭罗仍是瓦尔登湖的一只候鸟，他来，他去，湖泊仍美丽浩瀚。那是他的田园。那一片湖泊里有他灵魂的气息。此生得遇此湖，不知梭罗幸运否？

负重休舍，那不能释然的向往，可有其土？像一张宣纸，可以缓慢地洇出江湖烟雨？

归去来兮，田园何处？

朋友的楼下，有一个小小的园子，她会在那里种花，也种小小的浆果。偶尔看到那斑斓的景象，令人羡煞。那是她的田园。

云在天空里，鱼在水里，花在泥土里，那是它们的田园。庄子在濠梁之上所见，以及他的持竿不顾，他也自有田园。

真是可遇而不可求吧。曾看过一幅画，一只蓝色的知更鸟，停落在风中的枯木上。不知道它来自何方，又将飞向哪里。

那个美国的诗人说，答案在风中。

可是，多少人在风中找到答案。

一生一世，被日月风雨催着，转眼看却老。一阕春江，一壶茶，几卷书，几株草木，未厌牡丹，可更迷于在心上，筑一角田园吧。那盆榕树，冬日里几乎凋尽，只剩下一枝，七八片叶子，未忍相弃，谁知它们欹斜的主干，也不忍负我，竟然也生出三两粒新芽，惹得我去看。

它们也是我的田园吧，我也是它们的田园吧。"王子猷居山阴，夜大雪，眠觉，开室，命酌酒，四望皎然。因起彷徨，咏左思《招隐诗》。忽忆戴安道"。或许，星空是田园，人也是吧。王子猷雪夜访戴，嵇康琴酒访阮籍，一人亦是一田园，遇见，或者未散之前，须尽欢。

（2018 年 3 月 19 日）

香炉·相顾

本来要去买香炉的，年前，在古玩城，看到一个紫铜的香炉，一眼就喜欢，当时行色匆匆，没来得及买下。那天，和朋友一起驱车去花鸟鱼虫市场。

鱼是他喜欢的，每家都要去看看，观鱼如享太牢。鱼市后面的那个分区，有那么多家卖花的，而且居然有梅花。最佳处是一些盆景花饰的店家，陶瓷，枯木，每每令人驻足。本来也是信步走到那家店的，打眼就能看出是一些来自日本的东西，铃铛、茶器、布艺、插花，没想到也有香炉。敞开的店面，走进去，有一个略高的木案，上面有几个香炉。店家在一边跟几个人倾谈，似乎并不太在意我们的到来。逐一看过，轻轻触摸，喜欢其中的一个，黄铜，浅口，只是里面有燃过的香灰，不知是店家供奉的还是售卖的。隔了几米问："香炉卖吗?"

"卖。"

就买了。捧在手里，并不计较它的烟熏之色。这样的桃花源，真得流连一番，也难得这样的闲暇。悬挂的铜铃不错，却不喜欢上面那根纤细的草绳。陶与瓷，虽然古朴，但分明也带了太多异国的气息，不像中国的陶瓷那样摄人心魄。

要出门的一刻，店家想起什么似的说："这几个，也许你会喜欢。"赶忙去看，木架子顶端，有三个铜做的物件。店家拿着一根短木棒，轻轻敲打，那声音瞬间就迷住了我。

辗转而来，希望喜欢

069

它既非钟声也非铃声。寺庙里的钟声我是听过的,那车上的铃声也听过,倒没有它这样泠泠。而且这声音,每一次击打,都仿佛从耳入心。一瞬间迸发,然后回旋,然后不绝如缕,然后入虚空。它起于当起,寂于当寂,每一回合,都让我浑然忘物。

香炉也给我这样的流连。一炷香点上,一如乐音绕梁。世上难得这样的时刻,不念花开,不记风雨。它也是起于当起,寂于当寂。

世上绝美之物,原不全是牡丹锦衣,金玉连城,一钵一炉,一陶一木,亦自有佳处。于是常相顾。

(2019 年 2 月 26 日)

角 色

平生第一次上舞台,是在小学四年级的时候,课本剧《东郭先生和狼》,我演狼。角色很简单,被贵族追逐,求东郭先生施救,忘恩负义地要吃他,遇到猎人,振振有词地辩解,傻乎乎地重演一遍,被猎人打死。忘记了有没有台词。我跟他们一遍遍认真地排练,为的就是在几个村子,千百学生的场合,我要演好一只狼。

那个演猎人的同学,也认真地把我装进口袋,用笤帚,认真地打我,疼得我龇牙咧嘴。

1998 年的冬天,我曾跟几个民工一起,坐在一辆货车的后面,满车都是出窑不久的木板。跟众人一样,要对着刺骨的寒风,不同的是,我仰起头,希望风可以吹去我满面的灰尘。我唯一的骄傲,仍然是行李间的几本书。

今年,朋友给我一玻璃瓶向日葵种子,家里和教室的阳台上,都种了。让我的弟子们也种一点。有的种在校园西边的角落,有的让他们带回家。不知道在他们的眼里，我这样算是一个老师还是一个农夫。可是我知道，一些向日葵会长大，金黄的脸庞将灿烂无瑕。虽然我在教室里种下的几盆，大都长出了绿萝的效果。可是我每天都会过去看看，它们是如此认真地生长，唯此生长，是对过去最好的报答，对现在最好的信任，对将来最好的安慰。

几十年就这样过去了，有时的梦回间，我仍是那个努力地演着狼的少年。那时我没有忧伤，所有的风雨都有人挡。直到鬓发星星，我做过许多角色，可是，似乎并不比演那只狼更好。

那时我还是少年，我只是想把那只狼，演得好一点。

（2018 年 5 月 27 日）

温 度

一

十七八岁时，曾经向一个人借过同一本《荆棘鸟》，第一次是因为读到了书里的序言，"传说中有那么一种鸟儿，它毕生只歌唱一次。"那样的文字，确实比故事里的悲欢离合更能打动我的少年心。想看。那个人有。粗略看过，还是更喜欢序言。

第二次是因为不舍。那是在毕业之前，忽然还想再看一次，从书里再温习一下自己指尖划过的气息。不知道借书给我的人，是不是懂得，第一次读的时候，我根本就没有读懂，梅吉和拉尔夫谁更像一只荆棘鸟。无论是否懂得，她还是回家翻箱倒柜地找了许久，才找到我两年前借的那本书，让我带着再寻荆棘鸟的心，又读了一遍。

无论懂得与否，在一些年华里，一些路上，都有一些人，为我做了许多。

辗转而来，希望喜欢

071

春天，看到一个朋友发的消息：劳动公园的桃花开了，想去看看。可毕竟不能放下手头的一切，不顾一切地就去。莫名地，想拜托一个人替我去看看，真又找不出那样的一个人。最后还是忍不住，给一个朋友发过去：劳动公园的桃花开了，听说极美，为我去看看吧。

朋友说，好的。几张劳动公园的桃花照片发过来，感念了许久。总算没有辜负这个春天。

拉萨之行，我一开始就想得轻易，不就是一个旅行包、一颗心吗？去拉萨的街头坐坐也好。一个大大的纸箱到了我的手里，便携式的氧气罐、葡萄糖、急救包，居然还有防晒霜。那时候我唯一想带的，就是一本《梵高传》。

高原反应还是袭来了，说实话，一阵的手足无措。记起那个氧气罐，挣扎着去找，它在。在拉萨，那个旅馆的床上，那曾是我心里唯一的依赖，我平生也第一次感受到纯氧的那种气息。

今天早晨下雪了，这个冬天的第二场雪。可惜还未及细看，就因为天暖开始消融。又可惜雪欲融而天未晴，也说不得快雪时晴。不知今夕，是否有一场可与人说的雪。如果有，我会出去看看，然后告诉一个人，下雪了。

这个冬天，买了许多书，它们足以为我构筑小小的城池。我在这城池里，读那些心血与时间编织的悲欢。我的书里面没有《荆棘鸟》，这么多年，我仍记得那个两次借给我书的人。也记得那个驱车去看桃花，又给我拍照过来的人，记得那个为我的拉萨之行准备了琳琅的物品，以及一个小小的氧气罐的人。

买的书里，有静清和老师新写的《茶与健康》。买了 25 本，送人。虽然不知道，所送的人，有几个可以读完这本书，何况其中引经据典之处很多。他们也许会懂得，也许不懂，可是，既然有这样一本书，像公园的春天里那些桃花，极美，又怎么能不去看一看。

（2018 年 12 月 21 日）

二

　　曾经很喜欢听那首《火柴天堂》，熊天平的。

　　试着唱过许多次，可是没学会。尤其是到了那嘈嘈如急雨的地方，简直如我某个夏天在沙漠上赤足奔跑，跑两步就要窒息一样。不知道这是因为我从来就缺少音乐天分，还是我从没有真正沉迷和懂得那首歌。

　　一直觉得，世上的文字和声音，都是有温度的，只是温度不同。每颗心都有着不同的温度。得是怎样的一种契合，才可以使相逢如一瞬花开，如春风吹释第一粒冰雪。每个人的身心，也都如一个温度的储存物吧，知冷知暖，不断地获得又不断地失去。当然得失又不均匀。只在一些时间和空间，冷暖似乎充满，像极了小说的情节。

　　十年后，我们一些人坐在那里，喝酒，唱歌。觥筹交错的颓然间，触电似的。是，听到了，《火柴天堂》；是，那个人。我知道这是为我唱。我没有说话，只是听。那个人唱得也不好，却带着微醺，尽情在唱。十年的温度。就像那个人懂得，二十年前，青春散场的舞台上，我在几百人面前唱的那首骊歌，只是为了唱给那个人听。

　　纵然世间无人唱，当时少年长歌行。

　　如果此生只一场从此去的相遇，为我唱一阕歌已足。

　　懂得一人，一物，一欢颜，一泪目，其实是懂得一种温度。

　　读过许多年的《平凡的世界》，艰难的岁月里，它还曾是我的枕头。那个在没有窗户的房间里，后背满是疮痂，读着《白轮船》的孙少平，多少次给我抵御寒冷和贫贱的慰藉。

　　秋天收留的那两盆月季，曾给我好长时间的惊喜。现在仍是两丛浅碧，只是再未开花。几年前，我有一盆杜鹃，就曾开过一个冬天。得是怎样的一种温度，才可以让花欣然如约？

　　然而我知道那盆杜鹃，已不复盛放于眼前。浅碧的月季，却来怡眼。它们都好，可是我还是会一再地想起那盆杜鹃，我看它从盛放到凋零。少

辗转而来，希望喜欢

073

年在岸上投石，石头入水，顿生涟漪，涟漪最终归于沉寂，那个投石的少年，也复再来。涟漪与少年，谁记得谁更久？

<h1 style="text-align:center">三</h1>

今年的葡萄不如去年的好吃。去年由夏至秋，吃过许多。清晨时分，到楼下马路对面的早市上，可以买到山里新剪的葡萄，有一种，我叫不出名字，皮是浅红色的，轻轻咬开，浆果就迅速地滑出来，蜂蜜般甜。今年去，都没有再遇见那样的葡萄。一直也没怎么记得那个卖葡萄的人。

不过，胜于去年的，是吃了一个石榴。石榴很大，一粒一粒地剥下来，放在建盏里，虽然不是记忆里的那么红和剔透，不过我还是看了很久。拈之入口，慢慢品尝，眼前犹是少年的时光。

在故乡，大姑家的园子里有一棵石榴树，树似乎不大，也许是因为苍老，几许虬枝，稀疏的绿叶，秋天时去，总能有一个石榴属于我。那是我少年时唯一可以吃到的石榴。后来好像就吃不到了，因为它老了。几年前再回故乡，大姑家也不住那个院子了。那棵树应该早就不在了。

不知道树有没有灵魂，是否会知道，多年以后，我在这里想起它。"袅袅兮秋风，洞庭波兮木叶下。"此生居然可以有一棵石榴树，在我的记忆里老去，我和它，谁是幸运的？

一个小酒馆，我，还有我的两位老师：王文钧老师和张卫东老师。王文钧老师，我们可以常相见的；张卫东老师，1998 年，从那个工科学校毕业后，似乎再没有相见。然而我始终还记得，当时在他的支持下，我带着一群人，让那个学校里，有一份油印的校刊，有一个可以发出声音的广播站，并且可以认识三两个可以此生相呼的人。

他总容许我那份孤傲与轻狂。记得有一次，我带人冲进了学校的食堂，从米饭的价格到厨师的指甲都进行了采访，拍成照片，配上文字做展览。

风波骤起。听说校长都过问了。"你闯祸了。"许多人对我说。

忽然觉得愧疚，进退失据，不是因为我冲击了食堂，而是不知道这件事会给他带来什么。

他却什么都没有说。

许多年后，他说，应该给年轻人机会。去做一件事，总比什么也不做要好。

那时偶尔也举杯痛饮的，然而，在他的面前，我总是多一份敬畏，像个小跟班。毕业后许多年，即使在同一个城市，我也没有主动去看他。不知道在他那里，我该是一个怎样的弟子。然而我始终没有忘记，那个在我的青春年华，在那个学校里，曾给我一份赏识的他。

他退休了，我的酒量已可以陪他。会常常请他坐坐，慢慢喝杯酒。我们都是幸运的，他还没有全然老去，我还没有忘记旧时光。

还有一个人，在我可以陪他慢慢喝杯酒的时候，他已故去多年，我最终也已经不记得他的名字，只记得他清癯而高。他是继父的同乡，偶尔会到家里来，他似乎很能体会我跟继父间的冰火关系。每次酒后，继父总是疾言厉色地指责我，对我说我不懂得待客的礼数之类的，他总是制止，说："孩子挺好的，他心里有，就是不爱说。一个人一个性格。"

他孤身一人，头发花白了还要出来打工。后来听说，他读了许多书，写得一手好文章，当过老师，然而，因为太孤傲，加上后来妻儿去世，慢慢也就厌倦了功名，于是此生四处飘零。后来他告别这里，说是回他的故乡，临行前，送我一支钢笔，劝勉我好好读书。

后来我多少次也会想起他，清癯而高，头发花白，能喝一点酒。只是，不知道那时的一去之后，他是否明白我记得他，像杨绛记得老王，我也记得他，记得他那时一句话的温度，一支钢笔的盛意。虽然，那时之后，再不复见于人间。

飞鸿雪泥，念中犹记。

（2018 年 10 月 14 日）

辗转而来，希望喜欢

依 次 地

春与秋其代序。

时间和万物，用心看时，总能发现一种依次到来之美。

曾经看过专业的茶道表演，每一步都有自己的名字，可惜我大都记不住。书架上也有一套茶具，紫砂的，不过不怎么用。只是兴之所至时，才在桌子上摆开，依次地斟满。我发现这样喝茶的乐趣，在于从第一杯开始，每一杯都可以慢慢地喝完，温度恰好入喉。

依次地，看过了今年的花开，有的念之不能忘，有的只是浮光掠影，公园的桃花，无暇前往，就托朋友拍几张给我，算是她代我看过了。花儿有也灵魂吧，像是不同的候鸟，依次到来，然后离开。搜集了荼蘼的图片，只是不知道这个城市里有没有。

美好如一阕词，也要依次地放在格律间。

人，依次地遇见；路，依次地向远。

那年回故乡之前，在心里反复盘算路线，要去哪个地方，看哪些人，小学校园里的那口钟，二爷爷当年住过的房子，少不更事点上野火差点惹下大祸的山坡，少年时的那些伙伴……然而去的时候，却是行色匆匆，给爷爷奶奶和父亲上完坟，只在村子里吃了一顿饭。校园里的钟早已不在，我读过书的教室也已经翻盖后挪作他用。我沿着光阴的绳索回来，那些依次的少年梦，都好像古老的庞贝城。

好像是仓央嘉措的句子：我生命中的千山万水，任你一一告别。

行走在生命的驿道上，越来越觉得手里的光阴，是一条绳索，我们曾依次地系上心之所爱，蓦然回首间，有多少却已离开。

依次地温暖，依次地冷寂。依次地红颜，依次地白头。

此生，依次地聚散，到哪里还可以隐约相认？

昨天在出租车上，又听到了《追梦人》，许多年前特别喜欢的。一个下着大雪的日子，上学路上，路过一个发屋，录音机里正播放着这首歌。那时是青春，在我身边的是那样的一群人。如今已无法再追寻。我写过《庞贝》，所有从青春里走过的人，许多的灵魂都已经留在那里，在废墟般的地层里。那曾是光阴的绳索上，多么美的扣子啊，尽管回头去看，已隔了所有的村庄。

不能只看花开，花不落不足以动人。不只是花，世上美丽的东西不少，动人的却不多。

世上所有的相遇，如小饮，如执手，如书卷，乃至伤痛和失散，都是光阴的绳索上，经意不经意间，结下的扣。它们或者美如红豆，或者冷若冰雪，有的粗拙，有的精致，有的念念不忘，有的转瞬即逝。它们依次地结下，依次地脱落；总有几个，在时光里动人，像铁道旁的花，像旅途中的酒。我握着光阴的绳子，偶尔回头看一看，数一数，哪一颗扣子还在，哪一颗扣子已是海市蜃楼。只是不可以回头太久，光阴的绳索还在提醒我，还不能停留，还有一些路要走。

（2018 年 4 月 29 日）

风雨一壶酒

此刻。风雨。秋天。

许多年里，我固执地认为，只有秋天的风雨可以入心。春雨润物，夏雨迅捷，冬有雪而寒彻，只有此刻的风雨，最像一个诗人。他有酒足以酬故人，而故人或许经年不见；他有琴足以倾落木，而落木萧萧与何人说。

冷寂切肤，那时以后，君知否？

辗转而来，希望喜欢

我只是坐着，看那两盆月季，一盆有玻璃窗的护佑，安然如旧。另一盆则对着风雨，摇曳不止。这两盆月季，是我从楼下的草木间带来的，不知道它们之前是否相识，此刻它们相对，在这风雨正浓的时候，是否也有只言片语的问候？

白天看到了那首《庭中有奇树》，吟咏再三，感叹于古人那种认真的情意，那一树的花开了，折下最美的一枝，要给所思之人寄去，即便是路远，不能送达，可是仍愿那人知道，分别已经年，何时可相见。美好的，想告诉那个人。风雨呢？可否相寄？

在那少年寒暄的年纪，那许多风雨或许只是我们坐着等待天晴的话题，它偶尔在眉头，却没有落进心里。多年以后，心有几分，拣尽寒枝，仍不肯栖，一生的风雨里，给我们隐约的安慰。

仍是喜欢贾岛的那几句："此地聚会夕，当时雷雨寒。秋风生渭水，落叶满长安。"与君见时，正是秋风落木，雨声淅沥。此刻君在天涯，再对风雨，我亦不曾忘。比起骑驴推敲，我更喜欢这样的人间情义。

风雨一壶酒。有些路，有些花，有些诗句，有些人，我会留在秋天，在一场风雨里去忆去看。若有一天，如此刻风雨，而我也一身的风雨，谁会执一壶酒，温颜以待？而我此生里，又是否如风雨里的一壶酒，待过那个人？

总会从红烛罗帐走到江阔云低的，光阴它分明就是一叶客舟，它孤独而自由，虽不轻易回头，却让你我，缓缓把人世的风雨听透。

（2018 年 9 月 3 日）

月季与栗子

归来仍去看那两盆月季。其中一盆，因为憔悴了枝叶，我曾剪去一两枝，另外的一盆花还在开着，上周还是含苞，今天却已全开了，冷翠的枝叶，黄中略带着一点红色的花蕾，给我依依可怀的慰藉。

我一有空就坐在那里，看着那花蕾，一年的繁花看过，在身边陪着我的只有这一朵了。虽然早晨散步，山路的两边还有一些，人家的栅栏上，紫色的、蓝色的牵牛花都堪入目，可是我们都还相敬如客。唯独此时，这秋风里摇曳的一朵月季，才离我的心近一些。

许多东西，在这个季节一一离去，那萧瑟间的凄美，也会一直走到千山暮雪。

如君已好，这一枝摇曳。

若有一壶酒，对着这秋风里的月季，便不算独酌。

午间收到德超弟的消息，说是故乡的栗子熟了，给我寄了一些。感念，我尚未临风思鲈，他却如少年相呼，殷勤仍知我归处。

故乡是有一片栗子树的，这时节在树下可以捡到几个，更多的恐怕要一根竹竿或者木杆带着铁钩去攀折。饱满的栗子，从刺猬般的刺里探着头。怕伤到手，只好用石头砸开。生吃清甜而脆，烤熟了使人齿颊留香。煮熟的略粘牙。

二十多年没有吃故乡的栗子了，它们或许也从来算不得名品。我走过一年又一年的秋风，再不复那个树下捡栗子的顽童。故乡的许多，也像我看过的花，它们开放，然后凋零，只可以相忆，却不可掇。

少年兄弟，几回秋风，问道来时，鬓已星星也。

如君已好，这一枝摇曳。

（2018 年 9 月 17 日）

辗转而来，希望喜欢

缓缓相顾

一

希望远方的故人安好，在我心之所及的路上，可以多见雪后天蓝。

希望窗台上种下的茶树种子，能够好好地蛰伏。

希望书桌上的盆栽榕树，仍有几分不肯弃我的绿意。

前天，半山书店的那个小伙子发过来一个书单，有一二十本书，隐约记得其中的《茶经》《山家清供》《书谱》之类，谋生的营营之间，我会一本一本地打开，不知道有没有几行文字，可以如暖酒之濡。

腿伤渐愈。感念弟子帮我清洗的茶杯，感念友人分半瓶止疼的药水。

所行远道，心中的车马萧萧。

我曾予何人，一语之温，一顾缓缓？

谁又深待我，一语之温，一顾缓缓？

二

前天，母亲来，她的肠胃，这个冬天仍是令她苦楚。她对衣服仍有那么小小的固执。我跟她说，我新买的棉衣，挺暖和的，你试试吧。

她就果真试试。虽然是黑色的，不过大小也合身。就让她穿走。

她很高兴地穿走了。应该给她买双厚一点的鞋子。

善妖未及，祈善老可好。

三

饮故乡寄来的茶。绿茶。可能茶放多了，有一点苦。手握着杯子，水真暖。小雪的时节已过，大雪还未到来，二者之间，无可眷，无可厌。

我不是擅饮茶的。读张岱的书，《闵老子茶》的那篇，雅士的食髓知味，只令人望尘。正如《庄子》里，运斤成风，庖丁解牛，大师的炉火纯青，亦是造化所钟。我就饮茶如饮水，多感念其滋润的温度。

执一卷书，书亦轻暖。像走了许多辛苦的路，而有一膝之安。衣之轻暖，究竟可以经得起多少风雪严寒？

眼前总有一件军大衣。在青春时那所工科学校里，我穿了四年。我都忘记了它最终的去向和样子，是否是褴褛，是否褪色，但它曾陪伴我贫寒孤傲的四年。

那天正好回去考心理咨询师，坐在当年教室门口的楼梯上，我的心忽然隐隐作痛。多想问候一下，当年的那个一身军大衣穿了四年的我。

那个人曾在我身边呢。冰雪天的长跑，我笨拙地想，我的军大衣一定比她的羽绒服厚，因为我要在学校的广播室里放录音，就求一位同学帮我带去，让她跑步归来穿。

她穿着军大衣到广播室来找我。递过来她的羽绒服，约好，那个下午我们换着穿。

那些人曾在我身边呢。

用暖壶装过的啤酒，刻在蜡纸上的文字，舔舔再吃的糖葫芦，可以读到落泪的书。

容我，在青春的故地，缓缓相顾。

然后起身，一步，一步，下楼。

从那里开始，我，或者我们，一下子就走过了二十三年。

四

马路边是几行杨树。树上还有一些叶子，风吹过来，就纷纷落下。那时我正漫步于树间，叶子也会落在我的头发上。

地上的叶子更多，踩过去，簌簌的声音像是寒暄又像是孤寂。

一夜的雨曾经听过，一夜的落叶声却未听过。我们在世上还可以走许久，而它们已是一生。春之青，夏之翠，秋之黄，谢谢它们这一年，也是一生的容颜所有。

随手拾取了几片，带回家，再等下慢慢地看。该放在一本书里吧，这也是一页一页的文字，一样走过了月寒日暖。

盛美酒于金樽，思故人于雪后，如此，才对得起故人美酒。

若相呼不可得，此生，相顾可否？

若相顾不可得，此生，相思可否？

若相思不可得，此生，相别可否？

欢兮一诺，几人能够？

愿君与我，缓缓问，不说忧。

愿君与我，缓缓归，若相酬。

（2017 年 12 月 1 日）

此刻以往，愿不忧伤

两本《梵高传》，一本给人，一本自己留下。或许是因为今年在花盆里种了向日葵，或许是因为写到了《小象》。一路的人生，我总觉得是在绳索上打扣，可是无论怎样精致，或者轻易，都会慢慢地忘记。

从读上一本《梵高传》到今天，已经快二十年了。那时漂泊异地，一本《平凡的世界》，一本节选的《资治通鉴》，都是简装的，粗拙的本子（只能买得起那样的版本）。打开《梵高传》，一种气息如罂粟，如忧伤时喝的酒，他仅有的欢乐和爱情，他的热情和笨拙，以及他的色彩和告别，都让我无法再逃离。一个人要经历多少事，才可以努力地在渴望与泪水中小憩。或许还有悲怆，在心里计量，我的一生，将与他有着多少相似的孤独叹息。

那本书，不知最终丢失在哪里。我没有寻找，后来在书店里遇见，也只是看看封面。偶尔打开，也都不是最初读到的版本。像一只知更鸟飞过天空一般，我也飞过了《梵高传》，没有像他一样娶一个洗衣妇，当然也没有留下一个值得人世关怀的脚印。他的画我也都不懂。我只是在那样的年华里，满怀忧伤地，跟着他走了那么久。

这一本厚厚的《梵高传》，墨有清香，似乎也不是最初的那个版本。一个人写另外的一个人的一生，更多的是情随事迁，而不是感同身受。即使是最初的版本，我也不是那个漂泊异地，以《平凡的世界》和《梵高传》为枕头的我。

行行重行行，几多欢乐趣，几多离别苦。那天登山，写《此刻》，写那只乳白色的蝴蝶和摇曳的树影，不经意间，在那一个点上，解开了父亲去世后，我心里一直没有解开的扣子。老项跟我说，二十年了，他依然能读懂我写下的每一个字。

是吧，我们都是从青春的庞贝城里逃出来的，我有一多半的灵魂都留在了那里，像梵高，一多半的灵魂留给了阿尔。我知道老项爱过的人，喝过的酒。所有后来遇见，却都填不满的缺憾，我们都曾溯洄从前之地想去补上，可是，月光填不满杯子，花香填不满时光，纵然此生多少名字，仍不可赎青春之羞。

缺憾与缺憾之间，动人者归来，一起说从前杯酒，七个小时够不够?

雷子，在那个工科学校里，他比我们小三届，像是一个小跟班。后来他从商，现在在广州做餐饮和美容。我们许多年未见。前年春节，小坡从北京回来，那个午后，跟我和毕云聚聚。毕云说，雷子今天也来。我问，他在哪里？毕云说，昌图。

他来的时候，已经暮色苍茫了。我说，怎么没开车呢？他笑笑，你们在这里，怎么也得痛饮一场。七个小时，只为了这一场酒。

光阴的手串上，我们的欢乐趣，离别苦，走到后来，都会是奢华的模样。多少身影可问，多少笑意不茫茫。此刻以往，愿不忧伤。

（2018 年 5 月 21 日）

子宁不嗣音

在电脑前，一遍又一遍听着朴树的《送别》。许多的版本中，他的这首，简单一些。听到"半零落"的句子，总是忍不住抬头看书架上的《柳如是别传》。

这是我买的第二套《柳如是别传》，上一套送人了，心中仍无法割舍，虽然我知道，这套书，需要许多时间和心血才可以研磨。可是，迷魂一般，非要再寻得。

光阴之驿上的那个人，我没有遇见，他一生的经历自不必说，一卷鸿文，为一位乱世的歌女所著，便是一场送别。蒲松龄也是，一卷《聊斋志异》，鬼狐多情，人间悲愤，总要以婉转的文言去写。

与《离骚》有何不同？

今天看了几页《诗经》，"青青子衿，悠悠我心。纵我不往，子宁不嗣音？"诗出《郑风》，本该是古老的恋歌，眼前是一个女子在城头徘徊。

可是为什么，三千年后，轻声吟哦，仍有着忧伤悱恻的音色？

白天写了《庞贝》，写那个古罗马的小城，也写青春。青春与火山埋没的城池究竟又有多少相似？

更与何人说？

多少美丽的灵魂在文字里啊，像梅花在冰雪里，灯火在黑夜里，羽毛在天空里，月影在湖泊里。总会有一个人，像我一样，听着《送别》，凝视着《柳如是别传》吧。

再过几日，槐花就要开了。河堤路，对面山上那千万棵槐树上，繁星般的槐花，年年都在的。青青子佩，悠悠我思。纵我不往，它们也会自开自落，持心如雪。

许多人，只有相遇一场的缘分，然后或缓或疾，各往时空的天之涯，地之角。

然而，总会遇见的，烟火间，书卷上，那些不灭的冷暖。一个人，他曾叫作李叔同，他写下"长亭外，古道边"。即便他后来遁入空门，一身袈裟，名字也改作弘一，那一阕《送别》，年年都在的，在世人的心里，成为嗣音。

不必只为你我，只要持心，如槐花之美，如浊酒可欢，便值得看到阑珊。

生命中曾遇见的，总会有几个人，为你我，禁得起一壶酒的弦歌，几行字的送别。

（2018 年 4 月 25 日）

谢谢，你在

已是"披衣觉露滋"的时节了。今年的中秋，我没有出去看月色，那

辗转而来，希望喜欢

夺人心魄的美，需要怎样的一颗心，才可以好好留得。

那得是李白的飘逸，东坡的流落，才可以对一壶酒，邀之问之，醒时同交欢，明年何处看？那得是懂得黑夜的灵魂，才可以与明月为知音。青青岩石，宛转江流，都比一生一世的我们长久。到了这一程，我开始明白了羊祜的心，面对良辰美景，他会黯然堕泪。

无论是洒脱的，是拘谨的，是桃夭的，是沧桑的，我们能遇见几个哪怕灵犀一笑的灵魂？多少人的灵魂，爱过的，恨过的，沸腾的，冷寂的，在岁月里，都缓缓地埋下，像佛塔下那人埋下的舍利，不知怎样的劫或缘才可以从心上出土。

如果时空可转，我还那么想看一看庄子，想知道他在那明夷之世，是怎样度过了他的一生。他梦见蝴蝶，他鼓盆而歌，他濠梁观鱼，却还要在惠施的墓前，讲一次运斤成风。如涸辙之鲋的他，可以和骷髅对语的他，写过风，写过庖丁，他悟出了万物方生方死，以生为老，以死为佚，却没有写过明月。那时的月色如何？

这个秋天，我的月色是一盆月季。虽然只有一枝，然而在秋风里，它给我的摇曳多情，竟已是这么久。此生走到这里，我曾待谁如月色如火焰如冰雪？谁又待我如月色如火焰如冰雪？

此生，已走过多少沧海，有过多少经意的割舍或不经意的失去，它们都已不在。它们如舍利，被风雨尘土掩埋，不知何时再现。海子说，远方除了远方一无所有，而驿道上的我们呢？我们除了我们，也终将一无所有。

在这萧瑟的秋风里，谢谢你，这一枝摇曳，谢谢你在。此刻多好，不必月色那样无尽，只是小小的护持，却值得倾盖。

少年听雨歌楼上，以为那金缕衣，那目中人，会都在的。总是一场或一场离别，然后许多回眸，手不可掇，言不可唤，方知天凉好个秋。可是，再多年华，再多行行后，才明白那个人，那阕歌，这秋风里的一枝摇曳，或足以相忆，或足以在握，人看月一程，月看人白头。时光带着我们走，走到此生再不可回首，却从未让我们一无所有。

（2018 年 9 月 28 日）

各有去处

一

我曾在土里埋过一瓶蓝黑墨水，"鸵鸟"牌的。

那时我在乡里的初中读书，住校。寒假时，要去姑姑家，我背着几乎一学期的书本，跟一个同学同行。走着走着，不知是怎样的一个灵感，我想把用了半瓶的墨水留下，埋在田野里，开学时再来挖掘。

同行的少年也来帮忙，我们像藏宝一样，小心翼翼地挖坑，还不忘了提醒我把瓶盖拧得紧一些，堆两三块石头做记号。春天开学回来，他又陪着我来寻找，找了半天才找到，当时心里惊喜得不行。

许多年过去，事情我还记得，可是，那个陪我埋下半瓶墨水的少年，已不知在何方。他的名字我也不复记得。

我们各有所之。

二

校园东墙边，有三四株榆树，每年春天，都会有无数的榆钱落下，后来都无影无踪。不知它们去了哪里。无法相问。

冬至将近，我的那几盆花，绿意仍在，可惜没有一枝可与人言的花。直到今天上午，不经意地去看，绿叶间，竟有两朵小小的花。欢喜了好

辗转而来，希望喜欢

久，就像许多年前我回去，从泥土里挖出那半瓶墨水一样。有时我会在花盆里埋下几粒种子，可是这两朵花的种子，不知何时，何故，被我埋下。并且，只有这两朵，在冬至将近，可以解我心的苍茫之蛰。

只是我已不再寻，那些埋下的没有开花的种子，也不问它们去了哪里。就像我不再寻，那些曾经或青葱或青涩，已不复历历在目，弥弥在心的时光，不问它们去了哪里。

三

摩挲一本竹简书。

那砍下来又经过裁削，放在火上烤干的竹片，或者加工而成的木片，落墨成简，记录下多少时光。

角落里，那几张旧日的书信，有时候会翻出来，轻轻抚摩，多少往事，已烟雨茫茫。

此身如躯壳，你看那柔软的树叶，在不期而遇的埋藏中，也会成为化石。心灵呢，也是如此吗？

总是给这世界以欣欣的、倔强的样子，像月亮只以一面示人。那些不安，或者阑珊，只在这些旧简上，目光里，或者泪光里，氤氲如艾烟。

我们，都是光阴的旧简啊。

情千缕，酒一杯，声声离笛催。又一程，千山万水，又一场人间滋味，如有待，却唤不回。

(2018 年)

云 间 月 明

一

这个中秋，本来要好好看月亮的，早晨起来，听见屋檐上滴落的雨声，竟觉得这个中秋又要辜负了。

已经有多久没有看过月亮，尤其是天心月圆时。算起来，只有潮水最懂得月亮，所以朝暮相随。

白天里，煮茶，与友人对坐，时间过得也快。暮色里雨仍在下。到了10点钟左右，解衣欲睡，还是无法放下。到窗前去看看吧，蓦然，她在。

像是久别的重逢，经过了千里烟波。此时的人间，不知道还有谁，会这样凝然以待，等不到她的积水空明，却也等到了她的云间之辙。

云间的她，分明是曹植笔下的洛神啊。"神光离合，乍阴乍阳。竦轻躯以鹤立，若将飞而未翔。"似乎，这一场云间月明，这一场流风回雪，怎样的美都比不过。

这一生，你我心里还是要有这样一场云间月明的。尽管，我们所要的云间月明，不尽相同。

二

我也总还记得，那一年的那一场雏菊开。几百枝粉红色的雏菊，让我一见就再不能忘怀。她们在风中摇曳，自由自在，像美丽的鱼在江湖，像一场少年欢舞。

然而，那一片园子早已不再，粉红色的雏菊，我也不知道她们去了哪里。

辗转而来，希望喜欢

有时我想，哪怕她们是一场春雪呢，在冬去春来间，再一次回来，多情而苍茫。那极美如《聊斋志异》里的相遇，让我一顾再顾。

今年秋天，我又从废弃的荒草间，带回两盆月季。给她们换一个向阳的窗台，略作修剪，浇一点水，她们各有一个花苞，像两个藏着秘密的精灵。

隐约可见，不是去年的红色，去年冬天，那一枝红色的月季，曾是我的红巾翠袖。

三两天后，惊鸿般发现，那是两痕熟悉的粉红色。我呆在那里，是的，粉红色，那一场雏菊的粉红色。

花有魂吗？她们知道我一直都在的不舍，所以也穿过千里烟波，满目的山河，再来看看我。

像华兹华斯的水仙，皮格马利翁的眷恋，有一个声音在说，你要一直眷恋，哪怕此生辗转，你爱的，会再出现。

（2019 年 9 月 14 日）

戒饮酒书

世间相遇而流传者，倾盖之欢，青睐之琴与兰亭而已。生性平凡，非有刘伶鹿车之趣，亦少白头烂柯之憾。浮生杯盏，言笑承欢，终不若一书一茶，与山林之幽，温润不迫人。庄子所谓材与不材之间，心每向往之。近来略多酩酊，五内常如煎灼，悔之不及。美酒虽好，盛意如刀。故书之以戒，不复应招饮。向晦宴息，自今日始。刻骨知己，小酌不及醉者，别论。

（2018 年 2 月 20 日）

一 场

林芝的桃花开了。

友人发图片给我，那是种一眼就会让人迷上的美。不论平地与山尖，都是桃花艳。

想去看看。

有一些年头，也想过去南京看梅花。可都没有去。

若有那样的时光，我希望在那里多停留一段时间，从桃花开，看到桃花落。哪怕只看一场。若非如此，我看到的只是桃花，而不是林芝。只是梅花，而不是江南。

那不知谁种下的，绝美的桃花与梅花，一如这世上绝美之物，绝美之人，后来我宁肯错过，也不匆匆相见。纵然我们都是苏轼诗里踏过雪泥的飞鸿，缥缈飞去，不计东西，可如果时光还可以慢慢商榷，这一场，我愿意饮一壶茶从浓到淡，看一炷香从暖到寂，读一轮月从圆到缺，念一个人从少年到白头。

写过十年的白茶，入手，然后送人，几分不舍，寻亦释然。只是惊鸿的一瞥，没有心印的温度。

手头还有一个纸包，是那只够烹一壶茶的普洱，名字叫"红印"。打算把它放在一个小罐子里，随身带着。不全是因为如何稀有难得，而是它曾是经过多少人的手，经过多少风雨时光，才落在我的手上。我愿意与沉香般的它，慢慢地相识一场。

惜一场水墨相知，留三分笑意别离。笨拙的一颗心，我希望在一啜一饮，劳劳不堪之外，仍能像我写过的几句诗：

辗转而来，希望喜欢

你要让你的心

有一些空场

让它后来还装得下

酒和月光

你要生而如你

哪怕寻常

　　不再去想十年的白茶了，也不去想林芝的桃花和江南的梅花。买了两片去年的黑茶，时间离我不远。跟一个人说，我会把它存起来，再过五年，或者十年，桃花开时，梅雪飞时，一起坐坐，如果这个人，五年或十年后，我们仍未相忘。

（2019 年 3 月 12 日）

她·月季

　　她开得如此之好。像一个精灵，那一种娇嫩的红。虽比不得胭脂火焰，却也像我在江南见到的丝绸，细腻，丝滑，美得令人心疼。

　　娇嫩的花朵，依托在几片毛茸茸浅绿的叶子上，像美丽的戒指在手上。

　　用了这么久的时间，等到她的到来，我心之劳，她仿佛知道。我就这样坐着，甚至想一天都这样坐着，不读书，不饮茶，也不复想人间的事。多么像辛弃疾词里的"红巾翠袖"，又多么像一杯暖酒。有些懂得那个爱水仙如命的李渔了，他典当行囊，也要买水仙看。

　　这个冬天，依然少雪。此生的驿站，有过一个又一个。温暖曾有过，孤寂曾深刻，却不承想，这一枝月季，翩翩来见我。她又是走过了世上的多少光阴，听过多少雨声，经过多少磨折，才有这一枝繁华。一枝月季和我，此刻，她是我忽然爱上的繁华。每一场花开，都是难掩的繁华。

也知道相遇如结绳索，缓缓结成又缓缓散落，那夜空星火，那凌波寒塘，都不过是飞鸿雪泥。可毕竟，如这一枝月季的摇曳，如一人邂逅时的相悦：不问，不疑，不嗔，不怨，胜过多少遇见的人。而且她来是在此刻，少年时看花不知花，更爱那锦衣繁华，若遇见她，或许只是匆匆看过，不迷不讶。若我已老，枯木之身，欲看花暖心，恐怕已步履蹒跚，空有咫尺天涯之恨。

所以，唯有此刻，一枝月季的摇曳，如与一人邂逅时的相悦，不问，不疑，不痴，不怨，都是无常间的动人之咄。

(2019 年 1 月 14 日)

风沙 · 茉莉

我是穿越这场风沙来看你的，你要记得。

知道。

早晨起来，就已是漫天的风沙，我的心也开始像天地间的那一片苍茫。花开当然也可以苍茫。然而那种美，不必问身在何方。

只有对着春雪，这漫天的风沙，我始终不能释然。

她们让我一瞬间就陷入孤寂里，在春雪的飞扬间，在风沙的呼啸间，迷离间，倏然间，坚毅间，我觉得自己就是其中的一片，一粒。

多少次欲问天地光阴，今夕何夕，此去何方？

此生已久，几乎已没有人，可以说一说这漫天的风沙。

穿过这场风沙，可有一人，等着我去相见。或者，她（他）穿过这场风沙来见我，哪怕只是因为风沙。

辗转而来，希望喜欢

千寻苍茫里，我只有这一场风沙。

可她，还是来了。

茉莉，白衣胜雪的茉莉，她真的穿过了风沙为我来了。

守在她的身边，在风沙声里，仿佛此刻，在这世上，我只拥有这么多，就已经足够。

只看她，茉莉，白衣胜雪，甚至不忍，问她从何处而来，不忍跟她说我此生的劳劳。

然而她仿佛知道。她说，不必问今夕何夕，此去何方，看看我吧，像看你少年时的模样。

嗯。

（2019 年 4 月 4 日）

江南记

年轻的时候，我一般是不带伞的，遇上哪场雨就是哪场雨，也沉迷于那种湿漉漉的诗意。

登飞来峰

未寻灵隐，先到飞来峰。

天热，游人仍三五可见。

先是浮屠一座，说是理公之塔。一路可见石佛，远可溯汉代。山下有冷泉溪，积水成潭处，锦鳞与龟，空游自在。

拾级而上，有心寻石。今年早些时候，友人来灵隐，托她带的山石，至今仍在我的案头。今日我来寻，却没有如意的一块。

往上走，许多大石散落如飞来，儿子说，飞来峰不像传说中整个从佛国飞来，而且这山上的石头，如果不是后来长出来，就一定是飞来的。静观摩挲，其形其貌，历千万劫岁月沧桑，自然之奇妙，真胜于人为。

嶙峋的山石中间，会有一些藤蔓，粗茁者如蟒，细致者如绳，也有一些古藤，或朽或枯，被落叶覆盖。

登临峰顶，遍寻却未见塔，甚至没有曾经建塔的痕迹。吟咏王安石《登飞来峰》的诗句，未免会有"黄鹤一去不复返，白云千载空悠悠"的感慨。人事代谢，不只是那千寻塔，古人所见胜迹，我来若是曾有，亦是相遇之喜。我来之时，其实不必历历皆在。从来风景雅致，只在人心中笔下。

从飞来峰下来，入永福寺，竹林古树，弥望如画。石桥边见到一只猫，跃下小溪饮水，疏影斑驳，有时见日。谁的猫？本想探寻究竟，又猛一转念：何处寻？又何必寻？

（2017 年 8 月）

江
南
记

西 湖

　　西湖的十景，我没有都走完。她的美，她应有的淡妆浓抹，我只是从心上走过。

　　梭罗在瓦尔登湖边住下来，耕种，观湖，读书，思考，他写春天里像血管般流淌的溪水，写夏天的夜晚，在船上吹笛子，月光中，鲈鱼游来游去。梭罗和湖都何其有幸，彼此在生命中。

　　世上的马蹄声达达，几个是归人，不是过客。

　　游人如织，远看青山，近听碧水，一路也观鱼，登塔，其实也只是西湖的过客。

　　昨天，谈起江南，朋友说，每一个人，心里其实都有一个江南梦吧。那么，西湖呢，断桥残雪也好，三潭印月也罢，那个最初想出这名目的人，算是西湖的知音，他们妙手偶得间，引得后世络绎不绝地相访相传。他们才是西湖的知音吧，因为他们在西湖的故事里。雷峰塔倒，西湖水干，白娘子和许仙相会了吗？这西湖，若是西子，许仙、白娘子，还有那动人的苏小小，都应该是西湖的知音吧。白居易和东坡，也是，他们的诗词如幽径，带我们作婆娑遐想。还有张岱，那个家国俱亡的张岱，船过湖心亭的时候，我注目良久，我不知道那座亭子，是不是当年他看雪饮酒的地方。我是多想，在那个人鸟声俱绝的夜里，跟他也铺毡对坐，强饮三大白。

　　到亭上，有两人铺毡对坐，一童子烧酒炉正沸。见余大喜，曰："湖中焉得更有此人？"拉余同饮。余强饮三大白而别。

走了，西湖。每个人来到你身边，都期待你是自己心里的样子。我没有。我不是你故事里的人，我不嗔不喜，你不远不近。

（2017 年 8 月）

雷 峰 塔

年轻的时候，我一般是不带伞的，遇上哪场雨就是哪场雨，也沉迷于那种湿漉漉的诗意。

油纸伞，青石板路，颓圮的篱墙，巷子里的杏花，"春水碧于天，画船听雨眠"的句子，我知道我来江南，是再也遇不到了。一趟苏州，也只去了趟平江路，看了看拙政园。若是深秋，也许会到枫桥那里坐坐。

因为迟生了千年，雷峰塔的落成我没有遇到；因为迟生了百年，雷峰塔的倒塌我也没有遇到。再来时，这里已经是雷峰新塔。"雷峰塔倒，西湖水干"，民间戏文就那么地在我的心头回荡。也许白娘子还在西湖水底吧，那一场人蛇之爱的劫数，在这青山绿水间，依然令人丰盈如慕。来西湖不看雷峰塔，算不得来西湖吧。毕竟西湖的十景，唯有它，有一种特殊的魅力。

远望雷峰，彩色铜雕，巍峨，庄严。从苏堤出来，向左，步行一段路，就是雷峰塔了。

在古印度，塔本应是供奉佛的舍利的，在中国，有缘之塔也是如此，雷雨之夜，电光石火，法门寺的地宫再现人间。雷峰塔也是如此，旧塔倒塌，地宫的藏品中，居然也有佛骨舍利。张岱在他的《西湖梦寻》里，引用朋友的话说，雷峰塔如老僧。

然而为何，佛骨舍利尽形寿，还是没有护持雷峰塔到永恒。莫非，佛于彼岸，也不忍那断桥开始的爱情，相隔太久吗？可是纵然西湖水干，白娘子回到人间，许仙何在？

江
南
记

在最好的时光里遇到一个人，是怎样的一种幸运。可世上又有几个人有这样的幸运。我来时，你在。如果不是为了寻找一个人，此生，我们所为何来？

写这篇记的时候，四川九寨沟发生地震，人员伤亡令人深恤，听说那里的火花海，也已经干涸了，不知将来能否恢复。风景可人，原来也并不是始终如待。此岸沧海，彼岸桑田。故更深惜此行的江南。

多情的江南，一湖一珠，都如少女的明眸。连这青云之上的雷峰塔，也胜不过多情的断桥雨呢。

塔高，可以一级级地登上去，也可以坐电梯上去。登到最高一层，铜铃在头顶叮当。俯视西湖，来处犹美，一生看不足。

兰 亭

兰亭与沈园不同，去沈园，不必池台如画，曲径通幽，只一曲《钗头凤》，便让人追忆怅然。陆游自己在诗里说："沈园非复旧池台。"当然那是75岁的他，带着一生的心结来作别。沈园仍是沈园。只是唐婉玉殒多年，陆游的心里，再来时，一切都恍若隔世罢了。

兰亭不同，本就是文人的雅集。江南山水美，草木总被云雨滋润，一若桃李年华的女子，无处不令人所之如适。

不过心里的声音告诉我，我所来的兰亭，并非当初一千六百年前，羲之他们曲水流觞的原地。人与物，也经不起造化之蠹。应是后人希贤希圣，营造出这《兰亭序》的一番意境，我能接受这样的差强人意。

一路走着，不久就到鹅池。兰亭之会，是不会有鹅的，这里却有，五只。碧水池塘，它们或游或逸，并不深怕人来。阳光树影间，它们羽白如雪，嘶若啸歌，别有气质。

故事里，羲之为道士写经书，换一群白鹅，君我两相欢。听说城郊老妇人有一只鹅，叫声好听，派人去买未遂，也要呼朋引伴去看一看。当然老妇人不明其意，听得右军名号，把鹅煮了待客，妇人有陶母剪发之美，羲之有支公放鹤之心，都是世间的风景。

然后便是曲水流觞，错落的石头，曲折的流水，水声泠泠，似乎仍在畅叙幽情。游人到这里，往往徘徊不去。也有仿照当年模样，坐在水边，流觞纪念的活动。曲水，水流因石而曲。流觞，取轻的漆杯，放于水中，若是稍重的，则置于荷叶之上，任其随水流去，停在谁那里，谁就赋诗饮酒。多好的兰亭，阳春白雪，小忘时光。

我没有看完，就继续前行了。所见荷塘真美，供奉羲之石雕的屋子外，水中多金鱼，买来鱼食，慢慢地喂，亦有趣。

康熙题写的御碑，道路旁边卖陶瓷的小店，都可以驻足观赏。

颇为经典的是书法陈列馆，历代所能收集的兰亭书法的复制品，琳琅跃于眼前。看那些拓本，以及名家与帝王的临写，墨香相顾，从未阑珊。

世人只是珍爱《兰亭序》吗？一代帝王爱兰亭，让人从和尚手里赚来，死时都要带入坟墓。赵孟頫爱兰亭，行舟途中，也要玩赏挥毫。若无《兰亭序》，冯承素这个名字，在人间可有光芒？大概自古以来，读过几卷书的人，都欣然有一颗兰亭心吧，都对那个乱离时代里，名士们的隽语风采，有着无法企及的歆慕。

多好的相遇，兰亭遇到他们，他们遇到兰亭，那个一生也饱尝忧患的羲之，微醺之际，写一卷《兰亭序》，他知道，世间这份相遇不容易，心中的悲欢，也会俯仰成昔。

阮籍猖狂，嵇康携琴与美酒而来。你我如旅人，世间如客栈，哪怕途中相遇，一起喝杯酒吧。

（2017 年 8 月）

江
南
记

美 食

到一处旅行，不吃一点儿传说的特色之物，似乎总有遗憾。杭州的莼菜，绍兴的茴香豆、银鱼羹，都还值得品尝。然而，这般如候鸟迁徙一样的旅行，如骤雨一霎滋润的草木，如一场不太久的离别，味道总难入骨。

书架上李渔的《闲情偶寄》，他记写戏，记器玩，记声容，记居室，记种植，他以水仙为命，甚至千里之行，只为回家看看水仙，典当饰物衣服也要得偿所愿。书里也记饮馔。一蔬一饭，一肉一禽，都得人间之趣。比起东坡的自比老饕，肯定不会逊色。

清代的袁枚，随园之中，竟有一位厨子，所烹之肴，无不称心。人生能如此，亦称得上美食。所以美食不在鳞鳞大厦，不在鲈鱼佐料，美食在于我们的心，在追求一种人生之趣。听说江南的一些地方，有一些私厨，你无须点菜，你只是来品尝，虽然我没有遇见，但心向往之。

带一本《闲情偶寄》去旅行，应该是锦上添花的事。如果是《浮生六记》，略去其身世之悲的文字，只读《闲情记趣》和《浪游记快》，亦足养心。菜花黄时，各出杖头钱，暖酒烹肴，买米煮粥，此游乐否？

此去江南，饮食之忆，最入心的是在绍兴。黄昏时分，信步仓桥直街，走到一处店铺，雨已纷纷。屋子里有两个人，一老妇一女子。女子说："进来避一下雨吧。"进了屋子，我发现那是一种古色古香的布局。两面是货架，其中一面陈列着青瓷的茶具，一些烧制的盘子，上面的花木图案，都出自手工。

三四块蓝印花布从中间的屋顶露天处垂下，随风轻轻摇曳。"这是天井"，店主好像知道我想要问什么似的。天井的右面，是一些布衣，长衫的居多。再往里，探了几眼，应该是饮茶的地方。几滴雨声，前后风来。

也许是我们来得太早，也许是绍兴本就比不得杭州和苏州的游人之盛。等雨停了，道了谢。再走了几十米，小巷快走尽了，正有一家比较开阔的店面，柜台上是黄酒、梅干菜、笋，再往里面看，有五六张桌子。就这里吧。

印好的食谱拿来，可以用铅笔圈画想吃的东西。点了一份绍兴臭豆腐，一盘茴香豆，一盘手剥笋，一盘梅干菜炒肉，儿子不喝酒，我就要了一壶黄酒。黄酒尚可，臭豆腐非我所爱，梅干菜炒肉有点咸，手剥笋似乎有点老，可是，此身此时此地，在绍兴的这个酒馆里，也没有别的顾客，只是父子二人，他吃他想吃的，我饮酒。天地之间，佳想安善，美食不过如此吧。

游人的游历与品尝，终抵不过游子心头的思念。《世说新语》里，张翰在洛阳，见秋风起，因思吴中菰菜羹、鲈鱼脍，曰："人生贵得适意尔，何能羁宦数千里以要名爵？"遂命驾便归。或者如东坡在赤壁，泛舟载酒，听箫对月，信可乐也。

当然我还是喜欢《水浒传》里武松在景阳冈的吃法，"店家，快把酒来吃。"牛肉白酒，英雄所爱。只是许多年里，能有此心的朋友，难得一二。年轻时寝室里饭盆拼白酒，暖壶饮啤酒，在记忆里，已茫茫不可再寻。

后来为人师，盛夏时吃西瓜，没有刀可用，我就跟弟子把西瓜砸开了吃。只愿多年以后，他们回忆往昔，有三两个人，还能这样说："用手砸开的西瓜，吃起来口感更佳。"

（2017 年 8 月）

石 头 记

此去江南，早就有一点心思，就是寻找一两块江南的石头，留作心印。奇崛的太湖石，在园林间也看到不少，绍兴和苏州的小店里，也有。我都会停下来，小赏一会儿。

江
南
记

103

美丽的石头，不必是蓝田美玉，只要是天然的，观之便有趣味。它们暂时是冷却了，然而，你看那些斑驳的纹理，或分明或圆融的轮廓，不必深谙其分类，总也能看出沧海桑田的印记。生我之前，人间已多久，都在这小小的石头。

眼前这圆融的一块，是飞来峰的。朋友去江南，说是去灵隐寺。我说，一定要帮我找一块石头。她不知用了多少心，才觅得到。待我亲自到了江南，想再寻访一番，总是未能如意。石头是有的，山上，水边，然而，视之，触之，总不是令我心动的，或者它们自有其主，非我所有。

兰亭山水，曲径流水所及，石头也是有的。但姿态之美，不如飞来峰。我是在一处小山坡看到这块石头的，它棱角分明，如断山，如铁拳，上面还有些交横的植物的影子。

那么我在人间，书卷之外，又多了一点与石相顾的时光了，这样的照顾，让我安然。这一生的烟火流年，还好，有几块石头可以遇见。惜此流年相知，彼此慰藉，不说别离。

《红楼》一卷，虚空里来，复归于虚空，宝玉人间一场，木石之盟那样的缠绵悱恻。曹雪芹祖籍塞上，然而你去读大观园的情境，分明又是江南。三生石，按照书里说的，在杭州的天竺寺，没有去看。你说，人有前生后世吗？哪一个人让你似曾相识，哪一场花开美得让你不能自已。即如眼前的石头，它们与我相遇一场，总也会带着我的气息。

许多年后，再有见到这石头的人，可否知道，曾有一个人，焚香对石。或许，也不必有。

只为这一杯

坐在多伦多的桌子旁，举杯相向。

阿董是从上海来苏州的。上海确实不在我此行的目光里，一路的所想，西湖，灵隐，兰亭，桃花坞，秦淮河，我是书生气的前往。

正如在沈园的夜游，我生怕我的步履，惊扰了那些楼阁草木间的灵魂。

苏州是想去看看的，于是阿董问我哪天到苏州。

她说，我们几个同学到南方，都好像绕着上海走。我说不是。远嫁上海的阿董，其实是我们这群人的骄傲。上海，繁华得会让我惊讶和敬畏，阿董在那里，应该。她应该有那片天空下的生活。所以老项说阿董，是十九年后的贵妇。

我们这些留在北国的同学，许多见过去，大都还是一颗布衣心。

我说，在心不在形。

阿董说，难道我想去见见老同学，只是形不是心吗？

忽然想起自己在《兰亭》写过的句子："你我如旅人，世间如客栈，哪怕途中相遇，一起喝杯酒吧。"若我是戴安道，阿董是胜过王子猷的。

一起说说四年同窗的少年事。教室的窗前看过的云，摇曳的烛光里唱过的歌，校刊编辑部里煮过的面条。

三五成群的，有时还有老项，一起骑车去阿董家的西瓜摊吃西瓜，回来时，却在交通岗因为自行车载人，被交警扣下教育一番。或者还有牛志远，一起去植物园，一起过桥。

那时的阿董爱笑，是善感，脸一红，就会像桃花坞的胭脂画。

我们都还好，虽然生命中也有过许多风雨磨难，但都还像飞来峰上的石头，各有姿态和温度。

小饮。长忆。

这样的重逢，略沧桑，却不沉重。一起，喝杯酒吧，光阴在指尖停下。当走过再多一点山水，我会在某一处，想起一些人：就像水里，风里的，一瓣桃花会惦念另外的几瓣，别来许久，都还无恙。

（2017 年 8 月）

江
南
记

拙 政 园

　　几百年前，当文徵明铺开纸，执笔沉思良久，落笔之处，拙政园的三十一景，即成三十一图。就已经在中国的建筑和美学的天空里，成为永恒。

　　王献臣，这拙政园的第一代主人，这里是他的江湖。官场归来，一生的荣辱未免成伤，正需要一处山水滋养。这里是苏州，取材不必求远，匠师"胸中有丘壑"，于是浚水为池，构屋隐梦，使修竹可以环绕，荷花可以悦目，风声可以洗心，溪水可以濯足，一草一木，一石一树，都如画中。

　　园林与人世一样，自有其格局和兴衰。王献臣也许未料到，他死之后，他的儿子竟一夜之间，将拙政园输给徐氏。后来再数易主人，我辈今日来观，已是"子非鱼"了吧。

　　进了园子，先看全局，泥墙，树木，小筑，亭台，轩榭，假山，池沼，纤秾合度。然而也只是园林，并不惊艳。可当你走着走着，你发现你得慢下来，只看泥墙吧，即便枯藤悬挂，也像是纸上的墨痕，墙边的竹子，地上的草色，一明一暗，印在你的心上。我有时候看碑帖，会倒过来看，或者从背面看，所以，在泥墙边，我也会抬头，低头，甚至蹲下来看看，虽然岁月留念里，泥墙竹林，已经过无数的裁剪，然而那写意的气息，依然生动。

　　临轩赏荷，在拙政园真令人惬意。荷花，似乎每一处池塘都有。粉红却不夺目的花，美得容易让时光停留。荷叶影就浮在水面上，鱼儿在水中无拘无束。此时此地，它们应该是这里的主人吧，也许是它们在看你，而不是你在看它。池塘间，有沟渠相连，无荷却有树影，两岸假山嶙峋，各种不一，水边亦有石头，如卧如坐，仿佛又在倾听，那蝉鸣鸟啭。你沿着河渠远望，眼中绝不空落，彼处正有石桥或回廊。

会有一些小屋，一桌，一屏，一窗，一联，也都在不远不近处。想当年，园林的主人是自得其福的，可以小憩，可以饮茶，可以焚香小坐，可以对弈一局，可以读书听雨。

我是在一处茅草屋里坐下来的，木头的柱子，竹子随意成格，屋子前花木掩映。只一个抬头，正见那一树红花，妩媚的红花开得正好，竹格不大不小，正是一个画框。我的心一下子被这景象拉住，像曹植初见洛神。是为拙政园小记。

（2017 年 8 月）

绍兴小记

时光会把许多事物变成旧景，兴亡总有时，余音却无尽。绍兴，比不得杭州，虽然这里有鉴湖，有兰亭，有三味书屋。行色匆匆，会稽山，鉴湖水，惜未能一睹。

三味书屋和鲁迅故居好一点，高大的院落，曲折的回廊，想见其当年的风采。百草园已远不如《朝花夕拾》里所写。然而终归是鲁迅的气息在那里，是他心里的乐土，足矣。

仓桥直街据说是绍兴的代表，确实保留了许多古旧的民居，看上去也不十分繁华，也或许是因为时令。沿着街道走下去，各色的店铺都有，有的开业有的锁门，有几处饭馆，也有不少卖黄酒的。我不怎么看店铺，我只想遇到老绍兴的气息。有时也看看生活在这条街上的人，那些母亲怀抱里的孩子，几个白发的老人，在秋瑾、鲁迅、周恩来、蔡元培等圣贤的光影之外，我更想去一点更民间的地方，就像沿着文字演化的轨迹，上溯最初的文字。

有缘听得绍兴的风物，是夜游沈园之前，开场前还有一个多小时，街头有几个上了年纪的人过来招揽顾客，一个老者过来，问我是不是想坐着三轮的人力车走一走，尤其是书圣故里，让我颇动心。坐上车却又马上不忍了，他有些斑白的头发和佝偻的身体，以及汗水浸透的衣衫，让我有一种愧疚。

他蹬车，一边还回过头说说他的城市，他的语气里满是自豪。说起越国，说起圣贤，如数家珍。等说到大运河是通到这里的，我顿时觉得新鲜，不是京杭大运河吗？北起涿郡，南到余杭，这些本是我书里得来的根深蒂固的印象。以物为证，听得出他要拉我们去看一座桥。

八字桥，是这个名字。一座破旧的石桥，栏杆的许多地方经过了修补。水宁静地流着，像眼前这个皱纹深深的老人。领着我们过了桥，他指给我看，桥，看去确实像一个八字。这时，碰巧另一个老人，下到桥边打一桶水，我问："听说过去运河的水是能饮用的是吗？"老人说："不是，我们喝的是井水，有时也接雨水，这运河的水，洗洗衣服。"临了，他又淡淡地来了一句："不洗菜。"

书圣故里，墨池，王羲之为老婆婆题扇处，甚至还有后来老婆婆知道题扇的是王羲之，又来求他，王羲之躲她的小弄，也是绘声绘色。

听得最详细的，是他讲"戒珠讲寺"的来历。原来这里最早曾是羲之的故宅。书圣所好，除了书法和鹅，竟然还喜欢明珠。江山之助，白鹅优雅之外，难道珠圆玉润也启发了他？羲之曾有一和尚朋友，常来饮茶倾谈。羲之的一颗上好的明珠，不知怎么就不见了。羲之虽未诘责，老和尚已觉得不堪，回去之后，竟然自缢而死。

"老和尚是想证明自己的心啊。"老人浓重的绍兴口音。这句话我还是能听出来的。

"那肯定不是老和尚拿走了明珠。那后来呢？"我赶忙请教，"明珠究竟哪儿去了？"

108

老人的语速明显快了，我听不大懂，只能努力地捕捉。像儿时在夏夜里抬头，在漫天的繁星间，捕捉一颗流星的踪迹。

终于还是懂了。羲之爱鹅，想来是跟林逋养鹤一样，鹤与鹅，都是能跟随主人左右的。是羲之的鹅吞食了明珠，再后来，在杀鹅烹之的时候，发现明珠居然在鹅腹中。尘埃落定，羲之不忍再住下去，为了悼念老和尚，这里就修建了寺庙，名为"戒珠讲寺"。

故事听完，我的心山重水复起来。雅致如此的书圣，难道也会为了一颗明珠而深疑老和尚？老和尚难道为了避嫌，就自杀以证清白？

寺庙不能有语，我久久伫立，这寺庙，这青石板路，这窄巷子，还有多少故事，都消融在人间烟火里，无可执，亦无可疑。

下车的时候，多给了老人一点钱。忽然觉得，这老人，才是绍兴。

是为《绍兴小记》。

（2017 年 8 月）

沈　园

要写沈园了。

我知道自己避不开沈园。

夜游沈园，我的脚步缓慢，怕惊扰了他们。

城池亭榭非昨，墙上《钗头凤》的墨痕，也已是后人所刻。我仍愿缓缓地来，脚下方寸的泥土，或许才是当年陆游唐婉踩过的。很想掬一把，在指尖搓捻，那两个时光里泪光里相许相割的灵魂，容我千年后，徙倚看过。

陆游和唐婉，那是怎样的一个春天啊。沈园的姹紫嫣红，遮不住唐婉的泪痕红浥。人间相隔，似恨还怜。

江
南
记

"欢乐趣，离别苦，就中更有痴儿女"，似乎人人都痛恨陆母的专横，与《孔雀东南飞》的焦仲卿之母如出一辙。可是，不必恨。封建礼教吃人，还得等到鲁迅在《狂人日记》里喊出来。陆游之隐忍无奈，唐婉之抑郁病亡，有心者来，会生出黛玉葬花之感吧。

我想这世间的相遇，有那么一些，是来自灵魂的。有一个人在等着你来，相遇，或者离别。欢如赌书泼茶，散如子规泣血。任戏台上光影摇曳，演得出山盟之美，演不出锦书难托。

白天读书，书页间是陆小曼的一张照片，黑白底色，却依然难掩那绝代的风华。那是怎样的一个女子，怎样的一段传奇。蓦然浮现在脑海间，是另一本书里，陆小曼老去时的样子，她那样憔悴。徐志摩死去的岁月，她是凭着怎样的一颗心，挺过来的。

若活到中寿的是陆游，活到白发的是唐婉，会是怎样的情形呢？

中年的陆游，他自号放翁，他写他的铁马秋风，他写他的"一任群芳妒"。可是，到白发如雪的年华，他还要再来看看啊，看看沈园，柳已老，还识得当年的他吗？春波绿，多么像她的身影啊。都过去了，纵横的老泪，满衣襟，入尘土。一生是怎样挺过来的，沈园，他还是来了，用了他一生最后的，也是最长的时间。他是来告别的，我知道。

在这世间，一颗心与一颗心的相遇，是多么神奇的事。我们会遇见无数的面孔，可是足够甜蜜的，伤感的，明媚的，黯然的，明知终也是梦幻泡影，如露亦如电，可又怎么能割舍得下。

我也来过了，沈园。此生我不会再来。

陆游，唐婉，我也来看过你们了。转过身，转过身，我已是泪流满面。

（2017 年 8 月）

气　息

2017 年 8 月 2 日，杭州

八月初的杭州，我要来看看，朋友说，桑拿天。萧山下飞机的一瞬间，我就感觉到了，不过，能接受。

不是那种浓烈倾城的，而是包裹着衣襟却不必入心的那种热。

晚餐，我跟儿子，两块东坡肉，一碗莼菜汤，一碗片儿川，一盘醉鱼，他的柠檬可乐，我的两瓶啤酒。御街边的一家小店。

然后信步走走。丝绸店，古玩，我喜欢慢慢看。没有交织的叫卖声，所以听得清蝉鸣。人群如两边沟渠里的水，流动似乎静谧。时间仿佛只在天色里。

人群熙攘的地方到了。与西安的回民街一样，来往的人一下子多起来，两边是店铺，中间的是货摊，然而地上没有污渍和杂物。

我还是喜欢驻足于那些安静的货摊前。埋头敲打的银匠，炒着新茶的师傅，铜屋里斟茶的人们，或者灰墙院中那两缸金鱼。

儿子一个晚上，只买了一根雪糕和一份绍兴臭豆腐。雪糕上的标签是东北磨坊。臭豆腐没吃几块，就在一家真花纸品店里掉了。小狼藉。我让他赶紧过去跟店主说一下，要了几张纸擦拭，仍不彻底。店主出来了，拿着拖布，清理之后，自始至终，语言神色，不怒不嗔。

旅馆，离西湖应该不是很远。此刻的西湖，应该也是静谧的，不知道灵隐寺在清晨是不是会有钟声。

想起昨天上飞机前，填写的未能成阕，只有三句的《蝶恋花》：梦里江南别已久，此去江南，问道君来否？杭州我是来了，就是想来看一看，

"墙里秋千墙外道"，我的足迹也不必遍及那些名胜的每一个角落。这个城市或者不认识我，也不必认识我。

2017 年 8 月 4 日，杭州

上午，退房，我和儿子，每人一个行李箱，步行 10 分钟，到最近的一家新华书店。今天的旅行，跟他约好，要多走一走，尽管杭州 38℃ 的高温。旅者，路途。行者，慢行。跟儿子约好，用一顿早餐的钱，换一本书。

8 点半开店，门口已经有三五个人在等待。到点了，进店，行李可以带进来。

店员在忙。店里却安静，像一个季节刚刚到来，所有的生命，都慢慢张开，还略微带着试探。书很多，园林般呈现。

一本书让我怦然。《见字如面》，被朗读的书信。许多年，已再不见我的岁月里有书信的痕迹。记忆中的青葱如画册，一瞬间泛黄却又历历。那时，一支钢笔，一颗心，一些灯影或烛影。还记得某一天，一下子收到 8 封信，打开，对方的音容心事，入目入心。回信时或深浅斟酌，或慷慨负气，或温婉善感。许多年过去，我收到和回复的那些信，以及那时光，真的惘然如隔世了。

儿子拉着他的行李箱，去找他所爱了。我没有跟过去，毕竟也没有太多人，指导过我该读什么样的书。一路走向人生的深处，就像走在暑天的街头，多少步阳光，多少步阴凉，人生的冷暖，得失的寸缕，我们的身体和心都知道。

这个城市有书，我喜欢。一个城市的书香，怎么能少于女人的胭脂呢。每到一个城市，我都想带着儿子，去看看博物馆。杭州市图书馆本来也该去的。中午的火车，略带遗憾了。不过有这一片书，摩挲轻嗅，已是福祉。

写给儿子（2017 年 8 月 4 日，杭州）

天快要亮了。你还在酣眠。我看了你几次，睡相一般。不过我还是很羡慕你，想睡就能睡着，佛家境界，不过如此。昨夜我知道你醒了一两次，可能你是感到有点冷，你起来，拽拽被子，又特意给我盖一下。这一年，我 41 岁，你 15 岁。

昨天确实是走累了，先是步行到柳浪闻莺，然后坐车去灵隐。登飞来峰，上永福寺，然后是西湖泛舟，然后是雷峰塔，然后是又半情愿地，跟我游完了杭州博物馆。你对共享单车念念不忘，可我还是怕周折，你未能如愿。一路的小冲突也不断，我们像两个道行不高的棋手，落子悔棋间，时而快意，时而瞪眼。

带你出来旅行，是想让你看看人间。你读过一些书，听过一些故事，认识过一些人，然而还只是心缘之浅，地缘之尽。男儿心中，该有的，是一份山水之思吧。朝碧海，暮苍梧，我愿在我还没有白发苍苍的年纪，陪你走一程。哪怕山水略略看过，可那些山路白云，浮屠钟声，花草虫鱼，以后的岁月，你会记得。漫步在城市乡村，你看这人间有多大，每个人都有自己的生活，或疾或徐，即使有许多相似，也绝不全然相同。就像天空中的鸟，飞来峰上嶙峋的石头。

快要长大了，儿子，不知此生，我们能有多少这样的相随之游。善感念及以后，或你独立桀骜，而我身心弥老，当你如我这般年纪，登山涉水，我恐怕已不能够了吧。就让我这一路，这一生，看你从童稚蹒跚，一直到迅捷如隼。你还有许多山水要看，带给我笑语欢颜。

2017 年 8 月 7 日，苏州

每到一个城市，遇到书店，还是会被吸引。到苏州的第二天，天色将暮的时候，打算去朋友推荐的平江路转转。下了公交车，一下子就看到了

江南记

苏州的古旧书店。

进店分明听到了琴声，不过是断续的，不像是播放的。一楼有两处书架，一长一短。当然不是古旧的书，而是园林、绘画之类。书店里的人不是很多，但都从容，无声，像池沼中的鱼。在这繁华的城市里，琴声书香，何尝不是园林形胜。

浏览一番，想上楼去。楼梯右面，又是陈列的书籍。史书，文集，文学书，确也是园林中假山石头的布局，真是自成风景，漫步向上，琴声比起初真切，应该是楼上传来的，但仍有断续，似乎是有人在弹奏。这让我心下更澄澈了，似乎我也像一条鱼，藻荇交横间，不惊不喜，不惧不争呢。两个白裙子的女子，在文学书那里，慢慢地读。

二楼的空间开阔，如溪水入江河。循琴声一望，前面的角落，斗室里，是一个男子，长发，长衫，正在教一位女子弹琴，时而弹琴，时而低声讲解。斗室旁边，两三个女子在饮茶。环顾之下，只有一两个书架，不过书算是这个屋子的装点，更多的是茶具，精致的石头，一张琴。

曲径般至三楼，书画的世界，桃花坞的小幅年画，细腻，明丽。檀香，宣纸，碑帖，《牡丹亭》的信笺。店主是一个中年的女子，回过来跟你打招呼，提醒你，是不是要带点有苏州特色的物件带回去。

价格确实不菲。这一路的江南行，我基本上没有购物，去过一处，游赏足矣。吃一点美食，或者不必美食，只是"饮酒但饮湿"也可以；看一看风景，不必天地锦绣；看一看这个地方的人，听听他们的话，足矣。邂逅相遇，适我愿兮。山水人间，正可多情以待。

拉萨之行

其实我并不清楚，自己为什么要去那里，毕竟它不像沈园，而我又没有真实的宗教信仰。但就是想去看一看的，哪怕只做一个自然的朝圣者。

行　装

忽然要去很远的地方。不只是因为空间。有时候凝望地图，或者翻阅一些图片，都会看到布达拉宫和珠峰。1998 年，想去那里当一辈子的兵，并未得偿所愿。其实我并不清楚，自己为什么要去那里，毕竟它不像沈园，而我又没有真实的宗教信仰。但就是想去看一看的，哪怕只做一个自然的朝圣者。需要仰望的雪山，白云，路上的朝圣者，那是一种无冬无夏，而又动人的存在。

何况时间已过去了二十年。

简单地收拾行装。只带一本书，那本《梵高传》。一路上，也许会读完，也许只读一部分，然而我愿意看到它在。不知道我从来有没有读懂过他的孤独，以及孤独中仍然坚守着不肯舍去的，对人间的热爱。就像拉萨，冰雪与空旷之外，霓虹与现代之外，它一定有些什么，是我看过就不会忘记的。

一两件衣物。洗漱的东西。一开始我只想到这么多。就是去一个地方，它很好我也很好，足矣。对于口耳相传的高原反应，我似乎也是好奇多于猜测。应该会遇到，它也许会像纳木错一样在等着我。如果遇见，就好好相处吧。即使只在拉萨的街头坐一坐，就踏上归途，又有何妨。

几件去那里还应该备下的物品，还是友人的馈赠。红景天提前喝了一点。有时候也忘。仍感念这温度相宜的心。还有 F，已经动过一个小手术，等我从拉萨回来，F 就该做下一个手术了。昨天我用心给那几株向日葵浇了水。

母亲似乎更放心不下，之前她一直反对，却又对从来就任性的我无可奈何。早晨在楼下遇见，劝我待几天就回来。母亲不知道拉萨在哪里，她或许只是听过名字，此生似乎也不太可能去那里。晚上她又过来，塞给我2000 块钱，我不要，我笑着说，我不缺钱。她不肯，说这么多年，也没有为我做什么，带上钱，遇到喜欢的就买一点。我就故意让她看银行卡，炫耀似的说，我比你有钱。她应该不能理解，我为什么要去那里。

儿子在那里看书，姿势一般。之前几次撺掇他同往，他都不肯上钩。那就不去吧。虽然是我在这世上，仅有的可以日夜相呼的名字，可是，他有他的将来，他的世界。父子间，也会走到江湖相忘吧。

会拍一路的风景给你们，所有记得我拉萨之行的。滴着眼药水问我行装的人，提醒我带着《仓央嘉措诗传》的人，为我弹奏《雪山春晓》的人，拜托我带一块石头回来的人。我会好好的。

(2018 年 8 月 2 日)

出发和到达

到机场，取票，安检，一个小小的充电宝用去半个多小时。

要出发了，拉萨，算是一次自顾自旅行吧。曾经多少次向往天空和远方，那里一定有一种气息在等着我。第四次坐飞机，第四次将像一只鸟儿，扶摇上云间。"霓为衣兮风为马"，难得生命中的这些时候，可以卸下它设的自设的枷锁。

一个人的旅程，孤独而自由，或许，只有这样的旅程，我才是我，我才成为我。多少任性了一些。犹念及烟火平生，那些待我而有衣食的亲人。也感念生命待我之厚，在苍老之前，筚路以后，也许不只是拉萨，一定有些地方，我想去看一看，因为它们在那里。再不去，我就老了，来处暮云遮，缓缓发成雪，它们将是我记忆里那一份蔚然深秀的尊严。

飞机经停西宁，再次爬上云端时，我就开始想象，会有多少山是白雪皑皑。然而任凭我怎样鸟瞰，只是山。有的山脊如羊肠，有的如风干的骨头，有的山石与草色相间，像是造化织成的绵延地毯。山间的沟壑并不深，却有雨水飞漱留下的痕迹，宽阔一点的山谷，也许会分辨出一些散落的房屋，那里应该生活着藏人。

飞机落下，贡嘎机场。我探险一般，踩在拉萨的土地上，同时缓缓地感受呼吸。还好，虽然地面的温度，估计也在30℃左右，因为是高原，风吹过来，是一种绕着全身的清凉。

取行李，旅行社请的司机打电话跟我联系。启程时遇到两个搭车的。其中一个还是抚顺的老乡。一路上跟司机攀谈许多，28岁，四川人，有问必答，开车时听着音乐，遇到喜欢的歌也跟着唱两句。机场到拉萨城，距离也不短，两边都是山，仍是山石与草色相间。如此也好，更令人觉得是沧海桑田。然而毕竟是拉萨，那山，翘首之际，隐约竟然像佛，它们形态各异，或坐或卧，无数的岁月里，就这样坚守而慈悲，暗合了《论语》夫子感叹的"仁者寿"。不过确实也是离天空最近的地方，因为云大都在山巅，氤氲浮动，天空与云不分，浑然一体，心与天空也近。

拉萨的海拔并不高，正如一只振翅的鸟儿，它在鸟儿平和的后背上。一路所见，路边柳树居多，在有现代化的高新区，不是那亘古的老城印象。

因为司机要先送那两个人，他对我说，这样也好，先看看拉萨的全貌。其实就是一个高原上的小城，也有车水马龙，也有鳞次栉比的店铺，高楼却不多，看来是为了保护老城的特色。偶尔也看见僧侣，以及穿着藏族服饰的人。车过布达拉宫，一眼就认出来了，暮色中，感觉与一路的山石与草色相间，是坚守与慈悲的混合。

到酒店，签好旅行合同，导游嘱咐，走路要慢一点，可以去吃一点东西，不过不要太饱，五六分就行。要穿一件长袖的衣服，千万不要感冒。地方差强人意，走廊后面的窗子，可以看到布达拉宫。

打算先去看看。布达拉宫外面的山下，是一个公园，时间已晚，天色却犹明朗，信步而行，抬头从哪个方向都能看到布达拉宫。人群虽未络

绎，却始终不断。最有特色的，是那一面悬挂着转经筒的墙，一直有人在
转。转经筒上的凸起的文字，都是藏文，手之所触，不得不生出一份清净
的心。那些虔诚信徒，或者朝圣者，一个一个地转下去，这清净的心，会
像酥油灯的光芒照亮心灵吧。所见之人，言语意态之间，都缓缓如云。孩
子稍微活泼，像草地上那些并不怕人的鸟儿。

9 点多一点回旅馆。明天是布达拉宫和大昭寺的。初识的拉萨，晚安。

（2018 年 8 月 3 日）

街 头

来拉萨之前的几年里，我读过一些关于它的书。比如羊驮土填湖修筑
城池，比如藏香，比如木刻的经文，比如朝圣，比如甜茶。

昨晚有意去尝一尝，街上的茶馆不少，在布达拉宫外面的街上也有。
经过一家甜茶馆的时候，瞥了一眼，十来个藏民在那里吃面喝茶。觉得时
间还早，不如先去看暮色中的宫殿和药王山。可是回来的时候，再进去，
店家已经在清扫，打烊了。

因为是拉萨，街头时而可见僧侣，不过手持转经筒或者佛珠的，倒是
藏族的老妇人居多。今天要进布达拉宫，不知道能否看见那些虔诚跪拜的
朝圣者。在故事里看到，早些时候，有些朝圣者到布达拉宫朝圣，步行膜
拜而来，有的会死在途中。临死前，朝圣者会敲下自己的牙齿，求人带
来，钉在布达拉宫的柱子上。今天要小心地探求一下。

此刻是早晨 6 点，若在抚顺，早已是人声喧闹，可是此刻，外面仍是安
静的，偶尔有车开过，或者孩子的声音，然而并不多，所以仍可小憩，写几
行文字。行程中没有做藏香的尼木县吞巴乡，很想去看看，那以柏木为底料，
加入沉香、藏红花、雪莲等慢慢做成雪域之香的现场，应该是怎样的。

那几百米长的转经筒，有几个外来者曾经从头至尾地触摸过。看过的书里说，僧侣们有一些也是现代的，个别的也上网，手里既持佛珠也持手机。可是在街头，去看他们，仍有一种佛门的气质在。就像那不断经过粉刷修缮的布达拉宫，它仍在吸引着人们到来，并不非要以废墟的面目示人。或许就像这里的高原一样，骨子里的坚守与慈悲，沉淀在光阴之下。

你去看唐朝时的吐蕃，又曾是何等剽悍。如果有时间，真想去了解，宗教的信仰，如何可以让他们这样，既可以高歌策马，又可以慢慢点燃一根藏香，喝完一碗甜茶。

一直在等待着或许到来的高原反应，不知道那是怎样的一种情形，据说每个到这里的人都会遇见，只是或轻或重，我会缓缓地，与它，也与这里的所有，缓缓地遇见。

起床，洗漱，布达拉宫和大昭寺见。

（2018 年 8 月 4 日）

布 达 拉 宫

跟大昭寺的香火的胜景不同，布达拉宫的美，俗世与佛的契合更多一些。

若不是虔诚的朝圣者，或许只会以这里为拉萨的标志。松赞干布所建的布达拉宫，如今只有两处孑遗，所以，不远处的药王山，以及松赞干布唯一的儿子的诞生地，才令人倍感亲切。如今这一片壮观的宫城，略同于北京的皇城和帝王陵。

游人如织，拾级而上，乳白色的宫墙，藏红柳的妙用，一一诠释着这个高原民族的智慧与灵性，甚至还有无字碑。据说这是那位与仓央嘉措有着不解之缘的桑结嘉措所立，或者他的子孙为了纪念他而立。导游是一个年轻的小伙子，讲述这块碑的故事，比浮光掠影地讲解一路的殿堂要细致得多。

的确也是，正因为有了松赞干布和仓央嘉措，布达拉宫本才如此迷人。斯人已去，留下这好看的博物馆。之所以是博物馆，是因为佛像琳琅满目，建筑美轮美奂之间，还拥有百谷王的头脑。从佛祖到松赞干布，到五世达赖的金手印，到桑结嘉措的无字碑，到仓央嘉措的塑像，都有自己的一席之地。

拉萨及整个西藏，寺庙众多，而皆得供养，是否也有赖于这样的一种造圣与兼容？如果不是看到了那片云，这恐怕已经到来的高原反应里，是我在布达拉宫仅有的所悟所得。

是的，那片云。不知道是夏季的缘故还是拉萨就是这样，云始终飘浮在山上。那是布达拉宫的半山腰，午后 1 点，地形开阔，可以俯瞰大片的拉萨城，然而它只是云与山的点缀。对面的山上，那飘浮着的无数的云，多么像千手观音的手绘。千手观音，千手千姿，而每一处山巅上的云，也都绵延中姿态各异。大片的云，卧着；小片的云，氤氲。整片的云，往往是淡墨色，而其间又有几簇，比雪比银子还要洁白。千重云遮不住的地方，那里的天空，又蓝得无与伦比。

"你真美啊，请你暂停！"忽然想起《浮士德》里的句子。是的，它会暂停。大片的云，看上去是不动的，可是从山巅往下，那薄而轻盈的云，却时时在动。只这一山的云，就不曾辜负我万里远来的心。只一次短暂的相视，就再不可以忘记。不知道这拉萨的云，有没有像巫山的云那样，附丽过美丽的传说，如果有，匆匆过客的我，也无暇仔细问过。当然，也不必问。这里的天空，哪一片云都美。

此生多少的相遇，能抵得上这样的一次？此生多少的时间，能抵得上在拉萨，在布达拉宫的山坡上看云的一个午后？我像是初来，可又要离去，它可能从来不记得我，而我却要一直留它在心里。

（2018 年 8 月 5 日）

大 昭 寺

到了大昭寺才知道,这里才是藏人真正的信仰之地。我也才知道,山羊驮土,修建的并非布达拉宫,而是这里。

这里曾是湖,当松赞干布选址,戒指滚落之处,一尊佛像从湖中浮出,于是,建寺,却屡建屡塌。经过占卜,才发现原来是魔女。遂有山羊驮土,建成大昭寺。这些,我是听来莞尔的。所以,到里面去,那个石井口,据说有佛缘的人,会听到湖水的声音。有的人,却只能听到魔女的心跳。我也没有听。那些朝圣而来的人们,若听到了魔女的心跳,此生该作何想?如果能听到,我倒是想听听魔女的心跳。

雨中游大昭寺。虽然穿了长袖的衣服,还是冷。入门,先见两炉一柱一碑。那碑或许是唐蕃会盟碑?这是我可能唯一能把自己跟大昭寺联系起来的东西。打听,果然是。导游取票的间隙,我赶紧跑过去看看,如在异乡而见故土之物。

炉叫煨桑炉,烧松柏枝,祈福的;柱叫经幡柱,经幡物色有序,上有牦牛尾巴,应该是辩经胜利的标志。然而这些只是短暂的吸引,很快,前面空地上那些磕长头的朝圣者,会迅速拉住游人的眼睛。雨中,他们或老或少,或男或女,肃立,合掌,跪下,匍匐,念念有词。这该是怎样的一种虔诚,从古到今,不曾断绝?

入寺,起初的一段,游人与朝圣者是分开的。熏香弥漫,木头陈旧,尤其是那些千年以上的檀香木,更令我心有戚戚焉。这里有不同的佛,炫目的坛城,最具传奇色彩的,是释迦牟尼12岁的等身像。

如果若隐若现的故事隐藏着真相,那么,当初松赞干布执意与大唐和亲,索要等身像这份嫁妆的成分不少。即使经过朝代沧桑,这佛像还

是坚忍而完好地保存下来。不过，当你去看那等身像，怎么都不是 12 岁的模样。原来，无数的朝圣者，出于对佛的敬仰，对俗世幸福的追求，往往买来金粉，请僧侣代为刷上。久而久之，佛祖的脸，是越来越胖了。

"若以色见我，以音声求我，是人行邪道，不能见如来。"以往读《金刚经》的这几句，觉得佛祖始终应该是朴素的，是那个入大卫城乞食，"饭食讫，收衣钵，洗足已"，敷座而坐，开始讲经的人。他从繁华中来，故不求繁华。可是，到了大昭寺，看过他金粉堆积的笑脸，才觉得，这确实也是他。仿佛他在开示，他无所不在，无论世人以金粉、以檀香供奉，还是以尘土、以不屑待之，他总在那里。世人如云，而佛似山，云变而山不变。

(2018 年 8 月 5 日)

归 去 来

去拉萨之前，我就有预感，它不会只给我布达拉宫、大昭寺、炒青稞和转经筒，还会有足够的高原反应。可能出于身体对这片高原的好奇，初到拉萨，感觉与平原并无二致。从机场到城里，司机提醒我，要穿上长袖的衣服，高原上的风，很容易让人感冒。

入住宾馆，本该偃旗息鼓的，可还是忍不住，在暮色中到布达拉宫的外墙那里走了走，仰望了它的壮美，体验了转经筒，还遗憾没有喝到甜茶。半夜里就开始头疼了，全身也酸痛。早晨起来，去大昭寺和布达拉宫，不断提醒自己，要努力走完。在布达拉宫的山坡上，看到了千姿百态的云，此生都会以为那是如千手观音的手绘。

午餐后回到宾馆，喝一点葡萄糖，以为是睡得不够好，躺下却睡不着。取来便携式的氧气罐，吸了一点氧，过了半个多小时吧，迷迷糊糊地睡去。不久，又疼醒了。这样，断断续续地，到了八九点钟。接到日程，第二天是纳木错，那蔚蓝色的湖泊如在眼前。可是头疼却不肯放过我。去看纳木错和踏上归程的想法一齐发作，仿佛它们是拔河的绳子，而我是中间的分界线。

忽然想起少年时，山上有一些酸枣树，尖细的棘刺间，青红色的小酸枣，常引得我去摘。那果实并无多少果肉，却如潘多拉的盒子一般迷人。有时会被树上的刺扎进手指，幸运的话，可以当时拔出来。有时扎得深，就得回家用针挑出来。因为怕疼，倔强得不肯挑，就只能忍着疼痛，任它折磨自己，直到它消融在肉里面，或者时间久了，它莫名地露头，赶紧挑出来。

拉萨对于我，也是这样的？我甚至开始比附《世说新语》里那个雪夜访戴的王子猷。"经宿方至，造门不前而返。"能到拉萨来，其实已经见戴了，纳木错，日喀则，珠峰，可惜林芝不在行程的规划中，如果归去，这些地方连一瞥之缘都没有了。也好，既然所爱不能一蔬一饭般自然，就不如守缺吧，因守缺而一生仍牵念。何止是拉萨，此生遇见的种种，我们倾其一生，能否真正知一人、一物？比起此生未曾来拉萨的人，或者生于斯，老于斯，却始终不识其美的人，已足幸运。

走吧，联系旅行社，终止旅行。订机票。然后，整夜睡去，醒来，又睡去。上午去买了一点东西，主要是牛肉和酒。除了在布达拉宫捡的几块石头，似乎只有这些，才带一点拉萨的气息。办快递。买了一串葡萄，回去，只吃了不到一半。打点行装。下午 3 点 15 分的飞机，旅行社安排的车 12 点多一点到了，车要送我去客运站坐机场大巴。怕赶不上飞机，也是想临别之前，体验一下如策快马的感觉，就跟司机讲好价钱，一路从拉萨飞奔贡嘎机场。

司机也是四川人，车技一流，边疾驰边给我讲解沿途所见。拉萨河，现代化的柳梧，成熟的青稞，如何从藏民那里买到货真价实的青稞酒和牦牛肉。路过雅鲁藏布江的时候，我要拍照，他灵犀地让车靠近桥边，开慢

一点，似乎还知道我心里的疑问："江里的那些树吧，固沙用的，水少的时候，尤其是冬天，大风会把沙子吹到两边的山坡上的。"相见恨晚，如果早一点遇见，按他说的，来之前，去药店买一点红景天泡水喝，来拉萨之后，先去林芝（西藏的小江南）游几天，一点点往高原走，就不会有高原反应。

贡嘎上的飞机，进舱门之前，许多人在那里看山上的云。归去来兮，此生以往，哪怕再看地图，我的手也会停留在那里，大昭寺的煨桑炉烟火的气息，那根曾嵌着朝圣者牙齿的柱子，以及布达拉宫酥油灯的光亮，仓央嘉措的铜像，都不只是在书里，而是在我的眼前浮现，在我的心上铭记。

多么好，拉萨，此生曾有你。多么好，遇见即是双全，即使归去来兮，也不说遗憾。

（2018 年 8 月 5 日）

母亲与《梵高传》

山川风景之外，这次拉萨之行，我确实是略有心愿的。并不信佛的我，在大昭寺里，曾合掌而拜，愿世上万一曾有的佛缘，保佑过几天要再做手术的友人。手头还有一个杯子，也曾想供奉在纳木错湖边。

再就是把《梵高传》读完。可惜未能如愿。可能是书太厚了，也或许是慢慢到来的高原反应，让我连翻书都像跋涉荒原。有几次习惯性地翻开，总是第二段的那几句吸引我："文森特的母亲安娜从未理解过她最年长的儿子。他的古怪，从幼年起，就挑战着她世俗且根深蒂固的世界观。"

这让我想到母亲。从一开始，她心里就是不同意我去拉萨的。虽然她不知道拉萨在哪里，连"拉萨"这两个字怎么写都不知道。可是，她也知道，从小时候起，如果在我的或叛逆或执着所能奏效的事情上，她是无缚我之力的。父亲活着的时候，我会以他为挡箭牌。父亲不在了，我更是脱缰野马一般。

问过我，劝过我，其言也厉过，可是见我心意已决，她还是多了几分叮嘱。我们不住一幢楼，那天早晨在楼下散步，看见我，她过来，说："儿子，你能不去啊，那么远。"我说："没事，都订完机票了。"她沉默了一会儿，说："我听邻居说，去那里有的人没事，有的会有什么反应（她不知道那叫高原反应），危险。"我笑了笑，说："别瞎想，我这体格。"说完，我还攥紧拳头，炫耀一下肌肉。

晚上她到我家，把一摞钱放下，告诉我，这么多年，她也没有能力为我做些什么，让我用这些钱买点自己喜欢的东西。我不肯要，推搡再三，她才不甘心地叹息着下楼了。

到拉萨，刚进宾馆她就打来了电话，那意思还是担心。我告诉她放心吧。她说，那就好，有空就打个电话。挂了电话，感动之余，还是觉得这份母爱如厚厚的《梵高传》，知道它美好，却读不进去。也没有再打电话给她。我是觉得，如果没有电话，她可能更安心，像我许多年里的，对于她的我行我素。

即使高原反应如约而来，躺在宾馆里，忍受着头疼，我也没有告诉她。9点多，她的微信还是过来了，应该是从她的儿媳妇或者孙子那里得到的消息。按开语音，是她的声音："儿子，你怎么样了，头疼得厉害不，不行就赶紧回来吧，反正都看过了。"我的心颤抖了一下，赶紧装作若无其事地回复："没事，明天我就回去了。"

孤身万里之外，我忽然感到一种气息，大昭寺外那些顶礼膜拜的朝圣者，他们跋山涉水而来，合掌，跪拜，匍匐，身躯磨平了冰冷的大理石地面。他们不只为佛，也为了俗世之幸福。他们走过风雪路途，走的也是心灵的路。母亲呢？她似乎此生也没有信仰。她不朝圣，不认识青稞，不知道松赞干布，她只牵念此刻身在万里之外的我。

其实她不太明白，我的心里也有她的。煽情一下，临行前，本来是想悄悄写一纸文字，就是我一旦有不测，要把我仅有的一点积蓄或所得的赔偿，分出一部分给她，让她有衣食可度风烛。本不畏死，何况，在拉萨，即使小有意外，就医还是比较有保障的。可是，听到她声音的那一刻，我的倔强和自恃，还是被降伏了。翻开《梵高传》，"随着每次痛楚地呼吸，每段珍爱的记忆和每次汹涌的泪水，死亡这一主题越来越近。"史密斯和奈菲的文笔真好，译者的功力也足够。我当然不会死在拉萨，这么美的地方，我只会留下云一样的脚步。回家，母亲在等我。我应该带着她，带着她们，去看一看海，湖泊，或者别的，她们想看的地方。

去机场的路上，发微信，告诉她，今天回去，拉萨到沈阳。

经停西宁，手机解除飞行模式，有她的微信。问我飞机上是不是不让打电话。欣然一笑，当然不让。告诉她，到西宁了，头不疼了，晚上9点到沈阳，打车的话，9点多一点就能到家。

回家了。10点多。过了半个小时，敲门声响起。开门，是母亲。

"不是9点多一点吗？"她问。

"是啊，你怎么来了？"

"我在车站那里等你，等到10点多也没等着。"

（2018 年 8 月 6 日）

仓央嘉措的石头

手头的石头开始多了，该买一个书架安放它们。它们虽非珠玉，我也爱看它们。它们来自不同的地方，不同的时间，却都是炽热的熔岩冷却所成。草木有呼吸，虫鱼有真趣，石头却是凝固的灵魂。它们看过沧海桑田，像是天地的骨骼。即使巧如画家，画得天地万物，可以栩栩如生，形神毕肖，却少有画石头得其意者。

面对一块石头，静观，触摸，放在耳边倾听，都如对曾有的娑婆世界。这些光阴里的行者，它一样有情，令我曾顾万千。

布达拉宫的石头，我是有的，是友人之前去拉萨为我捡回来的。六七块，每一块都很耐看，可惜大都已经赠人。不知它们现在都在何方？

有几句从英文译过来的诗极美：浮世万千，吾爱有三，日月与卿。日为朝，月为暮，卿为朝朝暮暮。那么，那几块布达拉宫的石头，加上飞来峰的一块，兰亭石一块，也足以丰盈我心了。飞来峰的那块，是友人跟她的孩子从杭州背回来的，后来我再去飞来峰，山坡上石头俯拾皆是，寻之许久，却再难寻可与之相比的一块。兰亭石是我在河边草丛里找到的，只一眼，就发现上面是山水的印记。

此番去布达拉宫，我爱它的美，多在于其建筑之美，虽经历战火地震，却千百年屹立，无论从哪一个角度去看，都令人叹为观止。怀揣着寻一两块石头的心思，我的目光，触角一样探寻，披沙拣金，仍无所获。这是仓央嘉措走过的地方，哪怕石阶一级，流云一朵，也应该有他的气息。每走一段路，如果时间允许，我都会停下来，我会固执地不承认，他再不可寻。因为是雨季，山路转角处，凸出的岩石，有的会散落下来，于是，慢慢地挑拣几块。

回到宾馆，忍着高原反应的头疼，一块一块地清洗，手之所触，像是在捻佛珠。然后，飞过万里层云，精卫衔木石一般，我带着它们回来。"我翻遍十万大山，只为路中能与你相遇。"或许，今天我们读到的仓央嘉措的诗句，有的并不真是他所写，有的即使是他所写，也在口耳相传间，如大昭寺佛祖12岁等身像那张不断用金粉涂过的脸，已不是当时的模样。然而我还是愿意相信，一个多情的仓央嘉措，才是布达拉宫迷人的温暖。当悬在他头顶上的达摩克利斯之剑都已锈迹斑斑，人间又过去许多年，他也从未走远，他的气息，仍在我手头的这几块石头之间。

世上所有的传奇，都是起初的那些平凡，在生命的转角处恰好相逢。像一块石头曾遇见沧海，像几行文字遇见一双顾盼的眼睛。只此一程，不可以素昧平生。

（2018 年 8 月 6 日）

拉萨之行

辗
转而来
希望喜
欢

藏香记

　　此行不那么仓促的话，是想去尼木看一看的。那里有藏香，有手工制作的纸。据说那香，是藏文的发明者吞米·桑布扎带给家乡的福祉。书里说，那香以柏树为主料，辅之以几十种香料，是一种宗教和日常都用的药香。藏人的早晨，是从这一炷香开始的。

　　盘桓拉萨街头，许多地方都有标明卖特产的店铺，比较有名的是八廓街。许多地方，都会有一条这样的街道，比如杭州的南宋御街，绍兴的仓直桥街，西安的回民街，来招徕旅行者的眼。可是，鱼目珍珠，又能有几个人可以清楚地分辨。

　　八廓街，正好在布达拉宫与大昭寺之间，听导游说，飞上枝头变凤凰以前，这条街是用来转经的。可是现在，鳞次栉比的店铺，大都是工艺品、手串、藏银、藏红花、唐卡之类。导游是个小伙子，来自四川，少有的朴实，熟悉佛教的故事，也感慨生在这个末法时代。喜欢仓央嘉措，对或是培养或是挟持仓央嘉措的桑结嘉措持有同情心。所以在去布达拉宫的无字碑前，他声情并茂地讲了许多。他说这八廓街，最厉害的就是真真假假，他和他的朋友们都不敢轻易去买东西。听着就像过鬼子的封锁线般艰险。他还教我们去算真正的牦牛肉干应该多少钱一斤，去珠峰的氧气两个人一罐最划算。

　　因为以寺养寺，大昭寺的院子里，也有不少卖工艺品的，时间够用，四处走走。在外面看，鸡血藤的镯子比较有趣。进到店铺里，一般也就是走马观花地转转。最后到了一个店铺的出口，店家是个小伙子，年纪不过30岁，肤色白净，举止言谈有书卷气。两三个自称是湖北的顾客在那里要买香。听到他是河南的，在这里租的柜台。东西不太多，转经筒，牦牛骨的梳子，几样手镯，连佛珠都少。他给顾客讲藏香，哪样适合送人，哪样适合自己用。他的货架上线香多一点。打开来闻一闻，浓郁的药香扑面而来。

我趁机问，尼木的藏香怎么样？

他说，当然很好，就是太有名了，所以要贵很多。他摆开几样他卖的藏香，说，这些香也不错，虽然没那么有名，可自己每天都在用，敏珠林寺的，一点不差。

不知是价钱公道还是被店家的书卷气打动了，那几个湖北顾客要买25束线香和几盒熏香。我也要买5束线香。可是他搜罗一番，线香只有26束了。我说，给那两个顾客凑齐吧，我要1束线香，再来2盒熏香。

在拉萨，你会发现，这里是多元的存在，藏人和外来者，虽然服装和语言迥异，却能够阴阳鱼一般相融。听不懂"扎西德勒"之外的藏语，到达拉萨的那天晚上，当我踏进甜茶馆，藏族店员还是能用生疏但可以听出来的汉语告诉我："打烊了。"

街上，既有藏餐和甜茶馆，也有四川的面馆、山东的饺子。布达拉宫的僧侣，既可以在那里吃糌粑喝酥油茶，又可以三三两两地摆弄着手机。如果需要布施，你既可以在外面用整钱换零钱，也可以在寺庙里换，而且，没有人会看着你换了多少，全凭朝圣者或旅人的心。当然，有一点很奇怪，去超市或者寺庙里，好像都不用硬币，没来得及问明其中的原因。

这里的四川人真不少，从机场接我来拉萨的司机是，尽管他问我困扰了他很久的"三个'直'字在一起怎么读"，可我对28岁就已经在这里生活和奋斗多年的他，心生一份敬意。还有送我从拉萨到贡嘎机场的司机，也是四川人，一路上听他讲的，胜过我多少的纸上谈兵。两块钱红景天泡水喝就可以防止高原反应；最好先去林芝，一点点往海拔高的地方走；北京来的女客人怎样在山口晕倒；买真正的青稞酒应该到藏民家里，几十块钱可以买到一大壶；柳梧新区的房子起初才两千多，现在要七八千一平方米；青稞的产量；林芝的桃花，哪一段是拉萨河，到哪里才是雅鲁藏布江……

这又让我想到我在布达拉宫山坡上看到的云，那如千手观音手绘的艺

拉萨之行

术品。我遇到的这些人也是,他们有着与我不一样的生活方式,以这美丽的高原为主料,辅之以每一个努力的他们,才成就了拉萨乃至整个藏地的磁场。

(2018 年 8 月 6 日)

羊卓雍错的鱼

也是在书里读过的,羊卓雍错,也就是羊湖,那里面有无数的鱼。可是,因为那里是圣湖,藏人基本上不吃鱼,加上曾有的水葬习俗,湖里的鱼,得以自由地繁衍生息。我非鱼,自然也不知鱼之乐有几。

不如相忘于江湖,对于这些鱼而言,这里确实是庄子所说的江湖吧,没有刀光剑影,没有刀俎之惧,即使有鹰隼之攫,雪霜之茂,也都还在自然的法则里。不知道藏区的湖泊,以及湖泊里的鱼,有多少可以这样。

世上的奇观,各以游历者心性的不同而有三。或爱其秀,或迷其险,或得其灵性。得其秀者,日出,花开,哪怕一石一木,无不怡人耳目;迷其险者,栈道,深潭,哪怕雪山水底,无不摄人心魄;而得其灵者,就像诗人所说的,一沙一世界,一花一天堂。只有一颗足具天真的心,才懂得世上每一处风景,都有灵性和生命,此生走过,我们也将化身为鱼,为花,为星辰,为荆棘,为山水,为珠贝。

(2018 年 8 月 10 日)

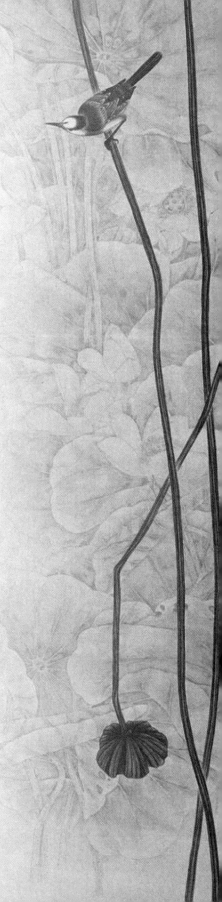

这世界那么多人

时候正是初夏，柳絮满城，层层苍翠间，也有不少花，明艳如锦。小小的夕颜，倒像是一个隐者，不执迷于车马喧闹，一身紫衣，安居于山谷间。

无论何时

一

用去了半生的积蓄：买了一辆车，给她；买了一份保险，给儿子。年前，给她存了一点钱，跟她说："等你老了，或许那时候我不在了，这点钱你留着，多少算是一份老了的尊严吧。"

我拥有的，似乎仍然只有这么多。恍然我仍是那个心里积雪的少年。

过年去买衣服，还是不会挑选，被她和儿子拉进品牌店，看到标签，仍然像被蝎子蜇了一般。

习惯穿打折的鞋子，中午的简餐是一个烤地瓜，一袋咸菜，一瓶矿泉水。

并不觉得这样在人前羞涩，在注意发型和衣服的年华，我最奢侈的是一双军勾，踩在雪地上，坚实有声。

会买一点茶，存起来；她不解。我说，都不贵，都是能存得久一点的，等过几年，挣不到什么钱了，就取出来慢慢喝。

会买喜欢的书，她不读书，也不管我买书。只是会抱怨我的书，满书架都是，还占去了家里大衣柜的一半。

朋友送的菩提手串，她喜欢，拿去。

半生里，能安静地陪着我的，只有这些书。

去看车。我对车真没有特别的喜好，不是为了儿子上高中接送，可能我从来都不会想到买车。

她喜欢。她的姐妹、弟弟都有。自己去报名，考完驾照，放在那儿一年多。

喜欢就买吧。

在沈阳订完车，她却嫌贵，牙疼了好几天，问我上火不。

不。从来没觉得，世上的什么东西，会始终是我的。最多，握在手里暖一暖。

可能是我读书读呆了。

她知道我年轻时喜欢谁，却从没阻止我去聚会。

她拔去我用故乡的种子种的那株茶树，种上花。

我心里的少年雪，她不知道。

她可能知道，可能不知道，我那么多的沮丧，来自她无常的"电闪雷鸣"。

好多次，让她叫我"哥"，她就生气，她说我这是压根也没有把她当作媳妇，最多就是哥哥对妹妹。

好好开车。

二

晚上回来，还没进门，楼道里就传来他的歌声，绝对是魔音。进屋就过来炫耀，考上了恒德高中的青鸟班。他不知道，他的班主任已经在微信上告诉我了。

应该是这样。我还是学不会给他一个拥抱，为他喝彩。在一个初中，父子间的这三年，我还是怀念他初一最初军训时，他写完了作业，在办公室等我下班回家。他的夏装校服洁白如雪。

他慢慢长大，个头超过我，跳远超过我。当然，顽劣也超过了当初的我。

喜欢喋喋不休。

喜欢把满分的小考卷贴得满墙，似乎那是他的旗帜。

从过去的一周也懒得洗一次头到几乎每天都要洗头。

迷恋好一点的鞋子和衣服。

字依然"惨不忍睹"。

边写作业边唱歌。

跟我唯一的饮食爱好是"野人串吧"的生吃小串。

可以捧一本厚厚的《丝绸之路》不动地方地看两个小时，却厌倦作业。

下课过来要钱买水，找回的钱开始大胆不还。

可以一个人跑去练习单杠做到 18 个，手都磨破了，跑步却只能跑到 4 分半钟。

可以半夜偶尔醒来时给我掖掖被角，却连我的几句告诫都烦。

自习课，起来巡视教室，他们正在那里测试 1000 米长跑。我没有下楼，就在那里看，5 圈，他中间停下过 4 次，距离满分仍然差 20 秒。能接受。我从来不是非要他有怎样的成绩，只要他满意，他能做自己。毕竟，他早已不再是那个平安夜里，把一只臭袜子放在床头，满心欢喜地等待着圣诞老人送来礼物的那个孩子了。

父子一场，恒河沙数，世上唯一以我的姓氏传续的人，我愿意割肉以饲。

三

这两年，过年的时候，会给山东的大姑寄去一份鹿肉、一点蘑菇。

小时候，最爱去大姑家。我去了，她就会去供销社换几个大红柿子，坐在那里看着我吃。

给忠爷爷和奶奶寄去了一棵大点的人参。那年，二叔回老家，把我儿子的照片给他带去。80 多岁的忠爷爷，有时候已经听不太清别人说什么。他甚至把我的儿子认成我，拿着照片，说起我小时候就哭。

那年我回老家，他在院子里跟我说了许多，话断断续续，我还是听懂

这世界那么多人

了：出门在外，要交人，该花的钱得花。记下了。

我们要走了，90岁的他，自己拿了一个板凳，到车站来送我们，几次让他回去也不肯。车开了，一点点远了，他还坐在那里。

许多年前的每一年，他给自己的孙子和孙女买那种细条的烟花时，从来都给我和妹妹带一份。

看到德超弟发的文字，写他喝一点红酒。我说，有时间来抚顺吧，我收藏了两瓶。或者再回故乡时，我带着，我们兄弟不醉不归。

15年了，每年都记得去王文钧老师家。15年前，第一次做老师需要入职担保，他那么坚决地帮了我。

习惯了，买一点我认为他居家能用的东西，在他的书房里坐坐，听他说说话，这似乎已经是一种仪式。

去年开始，也把儿子带去，一是帮我拎东西，二是他长大了，我要让他知道我的老师是怎样的人，他有一天应该如何安身立命。

四

我记仇。我承认。不知道是不是因为我属蛇。我心里的少年雪，一半来自父亲去世，一半因为他的到来。

继父。

他会扔掉我临帖的毛笔。

他会指责我的懒惰和家里来了客人时我的笨拙和木讷。

甚至有几年，他会让我恨我自己，为什么缺乏离家出走或者自杀的勇气。

虽然我中考的分数考过了二中公费，他也不可能供我读高中。

即使我结婚了，我们仍如陌路。我可以始终对儿子不讲身世，让儿子始终认为他是亲爷爷，可是我仍然不爱去他那里。

即使他老了，慢慢地主动示好，每次吃饭，会做他拿手也以为我会喜欢的梅菜扣肉，会叮嘱母亲别忘了给我买两瓶啤酒。

直到他晕倒，检查出胃癌中期。

我那么多年的倔强和不堪忽然崩溃。开始四处打听关系，该去哪个医院，找哪个医生主刀，给他备好手术需要的所有的钱。

手术室的外面，我不说话，眼前是他的白发；是许多年前他在没腰的洪水里，一个一个，摸出一袋茄子；是他20年里，当年一场小车祸，仍旧在胳膊里的钢板。

手术成功。

身体恢复。

每个月开工资，我都会去给他们送一点钱，叮嘱他们买一点自己喜欢吃的东西。

给他们订一台空调，这个夏天，最热的那几天，他们可以睡安稳了。

平时，我仍然不爱去他那里。

五

我给她留的作业，写月季。

她可能是最早发现我迷恋那枝月季的，从含苞到盛放，我每天看得发呆。

每次炫耀我的月季，他们大都不屑，似乎只有她每次都在笑。

月季开了一个月。忽然怕它落去。

问一个开礼品店的朋友，有没有那种可以放一朵花的瓶子。朋友说有。

从剪下那枝花，到放在瓶子里，我能感觉她的满满的诧异和茫然。

春天了，那盆月季已生机重现，只是，枝叶鳞鳞。把花盆搬到讲桌上，叫她来，给花剪枝。

她不敢，怕剪不好。

这世界那么多人

我说，那就闭着眼睛剪。只有剪枝，它才能再开，而且会开得更美。

她信了。

花盆放回去。让她写一篇作文给我。她写了——

其实在剪的过程中，我的心中满是"负罪感"，但还是坚决地，剪下我认为会阻碍它绽放的绿叶。

虽然最后结果不出所料，有些糟践花了。只余下几片绿叶，孤零零的，但我悄悄对它说："对不起，希望这样，你真的可以再次开放，再让我们惊艳到。"

希望它可以在我的"帮助"下，更好地生长，将来的某一天，无论何时，可以再次到来。

六

无论何时。

读那个孩子的文字，一下子就被这4个字击中了。世上多少人，多少物，当得这4个字？

为何我总还固执地记得，那年春天，我用仅有的钱，买几粒康泰克，给一个女孩。

我曾只有那么多。

一路而来，4岁就被恶意的邻居投毒，居然能活到今天的我，承认，善待我的人，比我想象的多。

买一份头采的狮峰龙井，给友人。友人说，金贵的叶子。

只有这样金贵的叶子，能配得上一个人。

性格所致，也许16岁那年开始落在心里的雪，此生很难化开，可后来我仍只愿记得美好。那美好如兰奢，无论何时都不换。

（2019年4月3日）

老　项

一

1994—1998 年，在那所工科学校里，老项和我，本来应该是老死不相往来的两个人。我走读，他住宿。

我做我的文学梦，他做他的寝室长，他就是他们寝室的老大。

我甚至不愿意多看他的眼睛。眼神神秘莫测，还带着几分毒辣，像《大话西游》里那个黑山老妖。

走读生和住宿生，本来就是两个世界的人，每次去寝室，也说话，也一起打扑克，喝酒，但感觉上，那仍是江湖寒暄。每一个寝室，似乎都像江湖中的一大门派。帮派之间，有联盟，有较量。

凭借一首诗在学校文艺会演上被朗诵获奖，我如愿以偿地进了校刊编辑部。那是一本油印的刊物。像《青春》里那条想过雪山的蛇一样，我迷上那份光芒。

在班里成立了一个诗社，编了一份班刊。手写的。

但半年之后，我开始陷入困境。大家开始各忙各的，学习的，谈恋爱的，打篮球的，喝酒的，写东西的人越来越少。

在一个早晨，自习课之前，他突然宣布，他们寝室的人，全都加入诗社。

这世界那么多人

二

我第一次开始认真地看老项。眼神神秘莫测，还带着几分毒辣，像《大话西游》里那个黑山老妖。

江湖救急的震惊与感激之余，我还是感觉到了老项这次行动之后的用心。开始回想他平素的一举一动，歌明明唱得不好，却不推辞每一个节点上的出镜的节奏感。这一次，莫非？一个寝室的寝室长，就是班级的一方诸侯。

工校的第二年，我做了校刊的主编，他做了班级的第二任班长。

三

老项做班长的两年，其实没什么建树。江湖之上，从来都是此消彼长。只有一时的传奇，没有最后的赢家。

老项第二次帮我，是学校要成立一个小记者站，还要选拔一个站长。我想试试，却又没有那份勇气。老项劝我争一次。他说我除了小有名气，还有学长们所不具备的一个优势：记者站初建，我还有 3 年可以为之效力。

成功了。

四

从此多了一个伴儿。当我陷于对一个女孩的痛苦单恋时，他决然地把我的座位从前面换到他身边；在我跟人拼了半饭盆白酒睡了两天一夜时，他给我去食堂打饭；掩护我在化学课上写诗，老师要过来了，赶紧拉我一把。

懂得那段时光里彼此几乎所有的喜怒哀乐。经常，一起到学校门口的那个小饭馆里，一瓶烧刀子，一盘土豆丝，一盘尖椒干豆腐，如果不够，就再来一盘土豆丝。

被我嗅出了爱情迹象，赶紧把饭卡给我，说可以随便划。

每人得到两根糖葫芦，赶紧心有灵犀地两根都舔舔，怕别人分享。

然后，猝不及防地，就毕业了。

从我们那一届开始，国家不再分配工作。

五

2000 年，我在开原。

一家农药商店的经理，要办一份报纸。我有点疑惑，农药商店的报纸，我是学工的，虽然，浪费了每一张图纸。

说实话，工校毕业后的两年，在生活的洪流中，我的矜持，我的文字梦想，已经变得卑微失据。《圣经》里说，通往天国的路，就像一些种子，有的落在石头上，干瘪而死；有的落在路边，被鸟儿吃了。只有一些，落在泥土中，生根发芽。那时候我还没有读过《圣经》，我行囊里的两本，是盗版的《平凡的世界》和盗版的《资治通鉴》的节选本。我是那没有找到泥土，仍苦苦不肯落下的种子。

到开原吧，还能见到老项。那个当时在家里侍弄蔬菜大棚的老项。

经理姓马。出身贫寒，跟他在新民的哥哥做农药和化肥。曾经骑着车子，从沈阳运货回开原。善于经营，终于有成。

见面。

他说，一看我就是读过书的。我笑笑，不知道心里该觉得骄傲还是羞耻。

他要办一份自己的报纸，把他代理的农药化肥，印在上面，发到每一个开原的农民手里。

他说，你别急，先歇歇，每天在楼上看看书，有时间可以下去，到柜台上了解一下那些农药。

我开始了一段陌生的旅程。

读产品资料，熟悉店里要推广的那几种。整理成篇，斟酌每一个题目，定稿之后，到复印社，电脑排版，再到印刷厂。报纸就出来了。

当然，得去发。去每一个村子。开原，每个乡或者村子，都有自己的大棚、草莓、白菜、大蒜、黄瓜。批发之余，农民常骑着摩托车，带一个筐，到城里来卖。不知道现在是怎样的情形了。那时候，城区不大，10块钱，出租车能绕城区一圈吧。

店里有车，往四周城乡送货。现在也送我，去发报纸。

当我的鞋子上沾满尘土，熟悉乡间的每一种事物，我仍不知道，我一生的所往，会是在哪里。

我想起小坡写的那个《流浪的麻雀》了。"秋天的早晨，露水还是凉了些。"

当有农民拿着报纸来买新代理的农药，如果经理恰好也在，他就会走过来，拍拍我的肩膀。

闲暇的时候，我也会帮着店里卖农药，或者去早市，给店里买各种菜。

每次开工资了，我会去旁边那家小饭店，吃一碗抻面，要一盘炸黄花鱼，8块钱。

店员四五个，很快也熟悉了。

还从抚顺找来了一个同学。女生，学电脑的。

经理肯定误会我了，要么就是觉得他应该为我再做点什么，就找那个女生谈，再找我谈，希望我们能相恋。

"不。"我说。

"怎么，她不好吗?"

"不是。"

唉。他觉得有些不可思议。又问过两次，就不再勉强我。

我知道，走过青春，我仍然一无所有。

只有青春留下的盅，还在。

让我再孤单地找一找，这一生，我要的究竟是什么。有一天，当我输给了这个世界，我可以栖息在任何一个屋檐。

深夜里，我和店里的一个男孩——凤洋，我们喝了一瓶白酒，一起在大街上走啊走，大声地唱歌，大哭。

六

老项来了。

他说来看看我。

"嗯，活得挺好的，你。"他说。

"你也是。"

目光相对。

"不对劲。"我说。

"你今天肯定不是来看我。"我笑笑。

"嗯，我得赶紧回去，那边有个人等我。我跟你说过的那个，卫校的。"

"嫂子？"

"现在还不是。"

"会是的，对吧。"

"不说了，走了。"

那个秋天，我跟着经理一行人去哈尔滨，一辆面包车。车里还有许多火腿、纯净水、报纸，还有经理新开的肥料厂出的增甜剂、冲施肥。开原出发还好，越往北走，气温越低。到了哈尔滨，天色已晚，出去吃饭时，我穿着还是短袖的衬衫，冻得只能裹上宾馆里的大毛巾，一副难民模样。

经理的手机响了，递过来："夏，你的。"

老项的电话。

他说："夏德敞，告诉你一件事。"

停了将近 10 秒钟。

"我要结婚了。"

我一怔。他要跟他的青春，说再见了。

我说："好好过日子。嫂子人挺好的。"

他说："嗯，我知道你还想说什么。"

我说："好好过日子。回去，我去看你，你请我喝酒。"

那个跟我坐在河边，就着干豆腐喝白酒的老项；那个骑自行车载着阿董，都能被交警拦住教训一番的老项；那个在我酩酊大醉时，照顾我一天一夜的老项；那个我坚信此生一定能活得像个英雄的老项，还有我，在时光里，我们都将归于平凡。

我们都将——跟青春告个别。

七

7 年前，工校 20 年聚会，多少人担心老项不会来，说他毕业后几乎连 QQ 都不会用。我说他肯定能来。我在，他怎能不来呢？

喝了许多酒，说起 1998 年冬天去他家，他的父亲为我们炖的大鹅。说着说着，就都睡着了。

八

去拉萨之前，告诉他：哥们要去西藏了。

他说："要活着回来。"

我说："怕回不来，才告诉你一声。别太想我。"

九

老项发微信来，要我的地址，说得到一支钢笔，写字手感极佳，想送给我。

顿生愧疚。许多年没有好好写字了。在他眼中，我仍然是那个专业课上把教材立起来，假装用功却在那里舞文弄墨的同桌。

十

2000 年离开开原之后，就没有再去过。他工作时被砸过脚，我心里说不出的难受，却也没有去。

青春时，我们的名字是：至尊宝。青春之后，我们都是悟空。

一路的风沙里，我们走啊走，都还没走丢。

"季子平安否？"

此生有些人，不必问，不会忘，只相期一壶酒。

老 吴

一

那时候我们的初中，坐落在一片稻田深处，没有围墙。

若是夏天，早晨去上学，鞋子会沾满泥泞。秋天可以抓到蚂蚱。也有苍耳，小小的刺，摘下来，偷偷扔到衣服或者女生的头发上，下课时教室里会鬼子进村一般，人声鼎沸。足球，雪仗，美丽的女孩，吸引过多少穷

这世界那么多人

小子的目光。

我三班，老吴二班。许多年后，酒桌上炫耀当年，二班在学习上从来没有超过三班。四个班级，最辉煌的时候，年级前十名，三班占八个。

不过老吴还是鹤立鸡群的。很帅，在他的班里，总是第一。中午回家吃饭，晚上放学，走的也是一条路，穿过稻田。向东走五十米，再向北走一百米，就是一条东西走向的土路，路边是一条污水沟。再往前走四百米是我家，他家还要远一些，在东山坡上。

应该就是在那条路上最初说话的，他在他班，我在我班，那时候，都是身上有光环的人。也许最初说话，也是对手间的，渐渐地就熟悉起来。

有时候约三两个同学去老吴家。他家是从新宾来的，四口人，爸爸妈妈，还有个弟弟。爸爸在铁路搬运货物，辛苦养家。妈妈对他和弟弟，管束得很严，据说跟谁出去玩，都得妈妈首肯。老吴好一些，他学习好，而且不那么听话。他的弟弟就没那么幸运了，我没怎么见过他出去玩。

少年的天地总在山野间，呼朋引伴地去后山，山谷，果园，坟地，一路直到火山顶。没人看见的时候，也偷一点苹果、梨，也研究一下坟地，看看是不是古墓。

《射雕英雄传》流行的日子，找一片空地，学打坐，体会"降龙十八掌"。不过，老吴最喜欢的还是散打，李小龙应该是他的偶像。每次他跟大鑫练完，还要炫耀一下他的肌肉块。

端午节最好，以为家里采艾蒿的名义，半夜就上山，几个人拿着棍子，边走边打草防蛇，满山唱歌，大声说话，有时会遇见熟人，都问问："采着艾蒿没？"其实没有几个采到的，非得等到天快亮了，赶紧采一点，大家分了，白天接着上学。

他的故事，也开始不断听到。老吴喜欢电子类的东西。比如上物理课的时候，《大话西游》里唐僧一样的老师在前面絮絮不止催眠，老吴就在书桌里研究他的电池组，什么电阻、电烙铁、电路板，一堆。每隔几天，都会被班主任没收一次，他却不气馁，百折不挠，卷土重来。

再就是跟女孩的故事，也经常在校园里流传。他总是很认真地喜欢一个女孩，然后又很伤感地分开，周而复始。

<h1 style="text-align:center">二</h1>

　　当然，山南山北，阴阳不同。老吴也有金刚怒目的一面。

　　校园里当时有个"长得欠揍"的同学，有些"癫"，见了谁都不服气的样子，平日里想骂谁就骂谁。终于惹上了老吴。

　　放学路上，有几天，他莫名其妙地骂我。

　　那天，回家吃午饭，走到一片砖墙，我回头，又看见了他，觉得沮丧。

　　"怎么了？"老吴问我。

　　"那小子，又跟上来了。"我说。

　　"没事，今天咱俩一起走，他不敢。"

　　那小子跟上来了，不过这次，他一过来，就开始找老吴的麻烦，像一只肆无忌惮的斗鸡，还开口骂了老吴。

　　"你再骂一句试试。"老吴攥起了拳头。

　　"骂你能怎么的，不服就打。"

　　又骂了一句。

　　迅雷不及掩耳之势，那小子就被老吴揍了。有几拳还砸在眼眶附近，都看见血痕了。

　　"不打了。"那小子说。

　　"不服接着打，"老吴说，"还骂不？"

　　"不骂了。"

　　"以后，我听到你骂我一次，我就揍你一次。还有，"他指了指我，"这是我哥们，你骂他，我也揍你。"

　　那小子爬起来，跑出几米远，回头喊："你等着！"

这世界那么多人

老吴挥了挥拳头："等着就等着！"

那小子回家，果然拎着把斧头就去了老吴家，老吴一看，转身回厨房拿起菜刀就冲出来了。他妈妈根本拦不住。

"你把我眼眶打出血了，"那小子大喊，"咱俩没完。"

"没完就没完，"老吴说，"是你先骂的我，要么，我带你去医院看看，要么，咱俩就对命。"

三

那样一个老吴，让我感激了很久。

初三的时候，学校里只剩下了两个班。一个升学，一个毕业。老吴和我都分到了升学班。我们开始做很难的题，不过，趁班主任不在学校，爬房顶，逃课去后山，却从未间断。

当然我们那时候也喜欢诗。毕业前的一个自习课，来了个西装革履，手里拿着一摞书的人。他说自己是后面农业特产学校的，跟朋友合出了一本诗集，他也要毕业了，希望我们买一本。五块钱，名字我还记得，叫《凄婉与港湾》。我跟老吴都买了。

接下来许多的日子，老吴晚上写完作业，都会到我住的泥巴屋子里坐半天，我们各自选喜欢的诗读，他最喜欢的一首是《红豆》，可惜现在我只记得两句了："生于南国/多情的风里。"读着读着，我们就开始遐想，如果有一天，我们也能合出一本诗集该多好。

"你适合写诗。"老吴说。

"怎么？"

"你的骨子里总有一种忧郁。忧郁的人适合写诗。"

中考，每考完一科，我们一起来到考场外，把这一科的书扔掉。别人还诧异，你们怎么把书撕了？考不上，复读还得用呢。

我们就相视一笑，就凭我们，怎么可能考不上？

那一年，我们都考过了二中的公费线，可又都是农村户口，人家不要。

那就去中专吧。

其实也没有人帮我们选学校和专业。每人最终只能填五个志愿。写十个吧，揉成纸团，然后选出五个。

四

也没有离开读初中的这个小镇。还好，有个伴。

在那所工科学校里，老吴读他的无线电专业。这次，他一班，我还是三班。

第一个月的奖学金，我们都买了书。

岳麓书社，那种硬壳的，《三国演义》。

开篇的"滚滚长江东逝水"，我就是买书的那天背下来的。

也下军棋。将所有的兵力集中于一路，绝不回头，是我惯用的招数。一开始老吴猝不及防，总是输。越到后来，他就越能破解。

老吴确实比我聪明。

还可以一起骑车，军训时，穿着军装，一起回初中看运动会，或者骑车十几里地，去那所农业户口可以读的高中，去看大鑫。

然而，更多的，那四年里，还是荒废了许多。

喝酒也学会了。如果口袋里有三两块钱，我们依然喜欢到后山的坟地之间，喝酒，唱歌，说说他班里的那个军训时站军姿十分钟不到就晕倒，朗诵时细声细语让人起鸡皮疙瘩的女孩，还有练武功花拳绣腿，体育课五步拳都没及格的男生。我们也会说起那时的社会，大都是愤世嫉俗的意气。那时候我们都觉得，等我们走上社会之后，一定不会像那些我们看不起的人一样。

"我们总得为这个社会做点什么，"我说，"要不然，我们以后会觉

这世界那么多人

151

得，自己这辈子活得挺可耻的。"

老吴看了看我："对。"

五

四年中的前两年，老吴对女生的热情依然未改。

他总是很认真地喜欢一个女孩，然后又很伤感地分开，周而复始。

我笑他。

他狡黠地眨眼："如果西施和东施在你面前，你喜欢看西施还是东施？"

无语。

过了一段时间，老吴非要我陪他去初中时的语文老师家。

他说，他喜欢语文老师的女儿，我们的师妹。他说，她的眼睛会说话。

"够意思，陪我去一趟。"

"不去，"我直摇头，"见到语文老师，多尴尬。"

"我研究过，这个时候，老师和师母都不在家，你陪我去，就说去借书。你不是爱看书吗？你挑书，我就有时间跟她说几句话了。"

两肋插刀吧。不过，那年暑假，洪水。泥巴屋子里满是泥泞，书也毁了。害得我好几年，在小镇的路上，看到语文老师的痕迹就避之唯恐不及。

又过了一段时间，那是个周末的中午，老吴说，他要去跟师妹表白。

我乌鸦嘴地说，胜算不大。

"我相信我的感觉，"他说，"她对我肯定有好感。咱俩打赌，输了我请你喝酒，赢了你请我。"

我在水渠边，等他向小师妹表白回来。看看我俩谁请谁。

他回来了。

"怎么样?"

他从兜里掏出两块钱:"给你。"

"她怎么说的?"

"先买酒。"

啤酒打开,不过他忘了赌约,拿起来猛灌。

喝完了。

"到底怎么样啊?你是不是没去啊?"

"去了,我跟她说了我喜欢她。"

"她怎么说的?"

…………

老吴的又一个爱情故事,就这样,留在了十八岁的夏天。

师妹,那个眼睛会说话的女孩,我们语文老师的女儿,对老吴说了两句话。

第一句是:谢谢你喜欢我。

第二句是:我还小。

六

四年中的后两年,我们出入相友的时候就少了。

我成为校刊的主编,常常逃课去图书馆。

老吴在做什么我慢慢就不知道了。

直到最后一个学期,他来找我,说他现在领导一个学校的无线电社团,却没有活动室,能不能借用校刊编辑部。

好的。然后,他就常去那里,带着一群人,电烙铁、电路板的一大堆。我也不懂。

这世界那么多人

153

七

1998 年的夏天，我们毕业。

一纸文件宣告，国家将不再负责给我们安排工作。

钢筋水泥的城市，四处去求职，没有成功。

1998 年的冬天，我忽然想去西藏。在那里，蛰伏到白发也好。

没有成功。

那就去漂泊，离开这个小镇和城市。《平凡的世界》《资治通鉴》两本盗版书开始陪伴我。许多年，只有它们让我感到亲切，可以读，可以当枕头。

老吴，听说去了一个商场，卖电视。当他觉得可以安身的时候，商场倒闭了。

再后来，老吴就决定，去电子城租个铺子自己闯。

父母给他三千块钱。那是他们家全部的家当。然后他就成了一个商人。

然后他在公交车上遇见一个女孩，那个女孩成了他的妻子。

结婚的房子，是他自己赚钱买的。

八

老吴现在的身价，估计得过百万了吧。

我也教了许多年的书。

如今他的儿子，已经如我们初中相识时一般大。

他那里，我也不怎么去。

一次小聚，老吴的妻子说，老夏，你信不，好几年前，老吴半夜睡醒了，醒了就哭。我问他怎么了，他说梦见老夏了。

那一场少年知己，岁月里，我们不复为衣食忧，却也不负少年意气相酬。

老吴端起酒，我们碰一下。他说："老夏，是真的。有时候我挺想上学的时候。还有我们当初的理想。"

理想？

"我们总得为这个社会做点什么，要不然，我们以后会觉得，自己这辈子活得挺可耻的。"老吴说。

小　坡

一

2000 年的夏天，我和小坡，穿过一条条街道，挨家音像店寻找，要找那张《大话西游》光盘。

许多年前，是在小坡家看的。

至尊宝拿着月光宝盒，一遍遍喊着般若波罗蜜，想要穿越回去，看看上一劫的结局。

失落茫然间，紫霞仙子骑着驴子到来。

"盘丝洞不要乱闯！"

"盘丝洞？分明是水帘洞嘛。"

…………

"从今天起，我就叫盘丝大仙。"

当孙悟空扛起金箍棒，一步一步地走向取经路。他的心是悲是喜？

二

小坡的心里是悲是喜？我不知道。或许从未知道。

我不知道那个披着黑色的呢子风衣的小坡，那个因鼻炎而声音略显沧桑，拿着筷子敲桌子，给我唱《满江红》的小坡，那个失恋时酩酊大醉，躺在马路边睡着的小坡，这么多年走过来，心里是悲是喜。

我在诗里写：愿你要找的/它还未老/可是它未老/你未老/你如何找得到。

小坡，你要找的，你找到了吗？

三

那个时候，校刊主编和记者站站长的职务，都被我捧起。我的血液中的什么，似乎被光阴中的一个梦境吸进去，或许沉迷或许虚荣。许多年后，读周国平的书，他说，他相信世上总有一个位置，为一人留着，他得不到，别人也不会得到。我信。后来我苦难而隐忍地流浪，后来小坡的爱与悲伤，都是我们没有找到。

可是那时，我们是职业教育边缘的，几个手里捧着心的人。让尘封已久的广播发出声音，让那份油印的校刊每一个字都有青春的字样。

毕云说，她班里的一个哥们要来加入我们。

我终于见到了，那个一身黑色的呢子风衣，因鼻炎而略带迷离的小坡。

我说，你早该来。去年学校选拔记者站成员，你考中了，为什么不来呢？

他只淡淡地说，那时候不想。

这次能来多久？我就笑。

也许很久，也许就今天。

不在世俗规则里的人，你如何拘他得住？

该是这样的一个人。

我总是觉得，这样的一个小坡，多么像那个驾着鹿车，四处饮酒的刘伶；又多么像那个母丧时，对世人白眼相向，需要嵇康一张琴、一壶酒前往的阮籍。

虽然，他是他的世界里许多人嘴里的老大，然而，哪一种骨子里的不羁与忧伤，天赋还是无所往？

毕云说，是因为一个女孩。

四

女巫。

我对那个女孩的第一印象以及最后的印象。

名字叫：谖。

极善跳舞，任性，眼神和语气都像《聊斋志异》里的每一只夜晚出没的狐狸。

从一个大城市而来，父母离异。

给小坡所有的欢与痛，冰与火，阴与晴，以及所有的分分合合。

谖是班里的文艺委员。谖喜欢过许多男孩。

可是小坡总在那里守候。

世上许多人，可小坡只守着那一个，无论她的笑颜曾经对谁。

他愿意给她，风之上，云之上，所有的日子。

谖体育课逃课，在教室读租来的言情小说，小坡就逃了课，坐在那里陪着她。

她任性了，想哭了，小坡就给她唱歌。

去滑旱冰。谖不会，小坡也不会。

小坡就不穿旱冰鞋，在旁边，拉着谖的手，带她慢慢滑。

这世界那么多人

几年以后的一天，他们还在一起。小坡来，只有啤酒。那女孩也在。她说不想喝啤酒，缠着小坡非要去买葡萄酒。小坡说，宝贝，那我们就去买。

五

不久校刊编辑部和记者站，有了间大大的屋子。小坡就常来。

三两年，他几乎不写东西，只肯唱歌。

唱沈庆的《青春》：

> 青春的花开花谢让我疲惫却不后悔
> 四季的雨飞雪飞让我心醉却不堪憔悴
> 轻轻的风轻轻的梦轻轻的晨晨昏昏
> 淡淡的云淡淡的泪淡淡的年年岁岁

喜欢用一根筷子，敲着酒碗，略带迷离地唱。

喜欢下雪天，一定要逃了课，去桥边看雪。

三两年里，他几乎不写什么东西。

然而他写下的每一句，我都望尘莫及。

> 走得远了
> 我在这里望你
> 等得久了
> 我在这里想你

正式的，他只写过一个广播剧：《流浪的麻雀》。所有的文本都已不在。

我也只记得开头的那一句：秋天的早晨，露水还是凉了些。一只麻雀……

可是在当时，广播里播出的时候，许多人还是听哭了。尤其是 96 级的一个播音员，女孩，在广播室里读稿子的时候，就已经哭得不能自持。

很秀气的一个女孩：洋。

我跟毕云逗小坡：喜欢洋不？

小坡说喜欢。

那？只是喜欢。

六

1998 年的那个冬天，我一生不愿提及的时候，像一个洪水的末世来临。到处传来的，都是工厂企业下岗的消息。

历史往往如此，一个国家，需要完成一次重生的时候，往往牺牲年轻的一代。

要用社会的刷子，去刷掉年轻人所有的安适和颓废，矜持和虚荣。

我们无法像故事里的那个人，捧着自己的泪水，会变成美丽的珠子。

走投无路。

我在后院的屋子里，一个人。

在我的《无人知处流年飞》那本书里，我写过：

1998 年的冬天，许多的日子我是这样度过。每天下午 3 点左右醒来，点上火炉让土炕暖着，或者不点上火炉，土炕冰冷也无妨。口袋里会有几块钱。去书屋里，租一套金庸或者古龙的小说，回到家，吃口饭，或者不吃饭也无妨，开始读书。一套书读完，也许是半夜，也许是后半夜，也许是天亮，读完，睡去。周而复始。

小坡偶尔会来。在上学之前。当然他也不介意去不去学校。

他会到我冰窖般的屋子里来。坐在炕头，我们聊一会儿。如果我的兜里还有两块钱，我就会去买两根麻花，兄弟俩一人一根，相视一笑，慢慢吃完。

这世界那么多人

159

七

2000 年，我外出谋生。新宾，开原，盘锦。

小坡辗转给我消息。那时的他，已经毕业，在抚顺的一个报社打杂。认识一个盲诗人，说这边要出一套文集，让我也写一篇。

我回来了。带着一篇文章——《佛在》。其实我不信佛，我只是在异乡的小诊所里，一个下午打三个吊瓶，我会想起，青春。

我会想起《大话西游》。虽然我不会像小坡那样，拥有自己的紫霞仙子。多少从青春逃出的人啊，要把羽翼折断，变成脚去走路，可是，折翼成足之前，再让我傻傻地哭一次，让我再捧一捧自己的梦。

我说，小坡，我想看《大话西游》。

他说，我们去找。

如果有，一定会找到。

八

后来，小坡结婚。

新娘是谖。

那个极善跳舞，任性，眼神和语气都像《聊斋志异》里的每一只夜晚出没的狐狸的女孩。

多好。

一个人答应给一个人的地老天荒。不食人间烟火的眷侣。

在小坡父母的身边，小坡和谖仍是锦屏人。

他陪她看电视到通宵达旦。

后来，我回来，成家，务农，自学，考教师资格证，教书。

小坡却去了北京。谖也去了。租了北京的一个地下室，谖看家，做饭，小坡在北京的出版社，编书。

后来，谖回来，小坡的父母帮她谋取了一份街道的工作。

后来，谖和小坡离婚。

九

我有时候会很想小坡。有一年过年，他回来，我们就去吃狗肉，喝白酒。

多想我们是《水浒传》里的兄弟。快意恩仇，大碗喝酒，而不是一身的布衣，一世的书生气。

我没有问他跟谖的事。他知道我也不会问。

喝多了，肯定。他说，我们去唱歌吧。

十

找一个小酒馆，坐下。狗肉白酒，就想喝多一次，像青春时那样。我们都回不去那个年华了，看雪，写诗，挥霍年华，可是有酒就足够。

F，安好

柔韧的草木，加工成纸，时光里它们成为一卷书，一幅画，一张信笺，这个早晨，它却划破了我的手指。

初初的一瞬，并未觉得疼痛，然后，一丝血痕洇出，赶紧捏住，要来创可贴贴上。柔软的纸带来了伤害，在这个夏日，入伏的日子。

创可贴，一开始让我似乎得到了护持与安慰，不久就感到不适，应该是不透气的缘故。那就去了这护持与安慰吧，我想试着，跟这道小小的伤口相处。

这世界那么多人

《庄子》里的一些故事，有时间要好好读一读，那一字一句，总是在教我，以怎样的心，才可以与世无伤地生活。人间，我爱说它是江湖，有朽腐有烟雨，有伤痛有自由。哪怕是蜉蝣，一生在晨昏之间，也是如此吧——有朽腐有烟雨，有伤痛有自由。

阳台上今年种了几株向日葵，以前从未种过的，今年或许是想起了梵高，但更多还是 F 的影响。

F，是我多年前认识的人。许多年后才知道她仍在这个城市，在一所中学教书。

偶尔会在微信里问候一下。

看到我种在教室窗台上的花，她说她身边的人，都会种一点花，她也种。冬天里还热情地为我准备两小盆多肉，说到春天，养得葱茏一点好送给我。我没有养多肉的习惯，每养一种花，总不忍看其零落成泥。虽然落花动人，然而，情多累人。何况，新生事物的到来，在我看来，要么就是哥伦布的新大陆，要么就是潘多拉的盒子。

好意心念。

春天，从她那里得到一瓶向日葵种子，太多了，在教室窗台的花盆里种了一些，也分了一些给人，许多年前，倒是亲眼见过数百亩向日葵，在一个午后，辉煌如黄金之羽飞翔。可惜，不知为什么，教室里的那几盆，大都长成了纤弱的藤蔓。不甘心，回家在阳台上，更大的花盆里，种下许多。看它们发芽，长叶，拔节，盎然，直到绽放出美丽的花朵。

心下欢喜，探骊得珠一般的，觉得如生命的布衣上，缝缀上几分锦绣。它们是喜水的，在一些早晨、午后，常常照顾它们，有时也拍几张小影，给 F 发过去，谢谢她让我学会了跟向日葵的相处。

回顾来时，相识已许多年，青春时的文字来往，二十年间的沧海无声，直到又遇见，都不复少年模样。然而仍视之如生命的布衣上，灿然的锦绣。她会给我讲她在课堂上跟学生的"战争"，会在买保护嗓子的茶时，给我寄来一份。

然而此刻，最近的消息是，她正在病痛中。要会诊，估计要做两次手术。不想见任何人，在没有人的角落里哭泣。该采撷几朵向日葵去看看，哪怕是一无所有的安慰。

F，你要勇敢些，像柔软的纸，划破了我的手指，我会试着跟它相处，而你也会。总希望我遇见的人们，都好。

（2018 年 7 月 27 日）

从前杯酒

三四天前得到的消息，闫，半个多月前去世了，肝硬化或者肝癌。在病痛中他煎熬了多久，是耗尽了所有的生命的灯油，还是在某一刻放弃，也无从知道。我们的交集，就只有从前杯酒。

初中同学的一个聚会上，他走过来，手中有一杯酒，说："我们是同学呢。"那应该是 1991 年，我刚来那所中学不久，他就转学走了。那我们可能见过，也可能没见过。言谈之间，他的儿子要读初中了，他说，如果孩子遇到我，希望我好好管教。

巧合的是，孩子确实到了我的班级。可是，虽然有这样的关联，三年里，我跟闫也没有见过几次。或许是因为心照不宣，或许是我们都太懒，也或许是骨子里的傲气。

因为孩子青春时绕不过去的叛逆，我们见过，可也只是聊聊，一面还要当着他的儿子，夸他们父子如何帅气。他略瘦，头上白发蔓延，如松树上落了几乎一半的雪。

只是在一个冬天的晚上，约了老田，一起坐坐，酸菜锅，每人一小杯白酒，谈谈人生，偶尔也谈孩子。他好像认识那家店的老板，不时亲切地问候几句。

这世界那么多人

163

吃完了，我和田出来，在外面等他。他出来了，并没有看我们，就径自匆匆走了。我刚要喊他，老田设置悬念地说，闫就是这样的性格。

该是怎样的性格呢？这一杯酒喝完，我们又都匆匆走在各自的路上。中考，他的儿子如愿以偿考上海军实验班，锦缎初成。可是怎么的，一年未到，作为父亲的闫，他就径自一去不回。

病榻上的他，似乎并没有跟许多人联络，不知道他是怎样离开的，我也是在他去世半个多月后，才忽然从别人那里得到消息。

那么，我们此生的交情，也都在那从前杯酒里了吧。眼前仍是他略瘦的样子，白发蔓延如松树上落了几乎一半的雪，仍是他小饮后径自离去，像这次的未曾道别。

忽然又记得少年时，去姑姑家，半夜里，哭闹着非要回家。姑姑和姑父只好求一个邻居，走七八里路送我回家。那个辈分或是叔叔或是哥哥的人，他背着我，走在深夜的路上。我半梦半醒的，听着风声，虫鸣，流水声，还有他说话的声音。

许多年后，我已经记不得那个人的样子。光阴它多么像那个深夜里背着我回家的人，他很亲切，但走着走着，我已不复记得他的样子。许多年后，我们会不记得许多人的样子。也或许，此生的相遇一场，来时，别后，一时还能记得的，只是从前杯酒。

闫，愿你此去不复此生的病痛，无论世上是否还有人说起你的身影与平生。

（2018 年 6 月 26 日）

给老田的信

听说你在讲台上晕倒，颇惦念。

曾读《江革传》，谢朓"还过江革，时大雪，见革敝絮单席，而耽学不倦，嗟叹久之，乃脱所著襦，并手割半毡与革充卧具而去"。人间相惜，于此动人。

前天买了一些书，一套《中华民国史》的"人物传"，昨天拆开第一本，挺好，午休时，让人给你带去。

《苏东坡传》，曾有一本伴我多年，不过这本是新的，一并带去。

金骏眉几小袋，白茶两小盒，你尝尝。

一盒泰国的沉香，或者是檀香，是近来我喜欢的，暑热晨昏，略可消除世俗之虑。

布达拉宫的石头，是去年一个朋友去拉萨，从布达拉宫带来的。本来有几块，被弟子分去，只有这一块了。石头是我所爱，未必值得你赏玩，然而它应该有雪域高原的灵性。愿它护佑你。

（2018 年 6 月 29 日）

鬼

一

乡间的少年，往往在一些规矩里体味着世间的冷暖。衣食住行，都

这世界那么多人

165

是。比如，家里来了客人要问好，越是重要的客人来，吃饭越不可以上桌。虽然，母亲会给我留一点，但也只能在厨房里吃。我总疑心那桌子上的，肯定比我吃到的要神圣。不知道这样的规矩，给了我后来的，是谦逊还是拘谨，或者兼而有之。吃饭不可以跨门槛，不可以用筷子敲盘子和碗的边沿。猪尾巴不能吃，尤其是女孩，否则出嫁时要下雨的。鱼子不能吃，吃了会不识数。泥鳅不能用火烤了吃，吃了会长胡子。不许跷二郎腿。

晚上走路，不要回头看，遇到陌生人喊，不要应答。鲁迅《朝花夕拾》里说，是怕遇到美女蛇。蛇我遇到许多，美女蛇从来没有，也不会有吧。然而，鬼却是常有的话题。夏夜，乡邻带上席子，有时就是麻袋片，大道边，槐树下，一把蒲扇，故事就像天上清亮的星辰呢。当然也讲鬼。蒲松龄的《聊斋志异》，搜罗民间的，大都有趣，不像那些孤愤理想的。我始终觉得，以五味而言，鬼是辣的。有的人对于辣，避之唯恐不及，有的却如享太牢。

二

故事听得不少，第一次觉得鬼应该长成什么样子，也是来自《聊斋志异》。那场露天电影《画皮》，艳若桃李的佳人，在那里一笔一笔地画着。转过身来，青面獠牙的形象，一瞬间击中了我少年的心。那就是鬼了。人造的鬼，居然也让我一到夜里就像进到一个引力场。我的心总在边缘转，怕掉进去，又逃不开。可惜后来这意识，就时而深时而浅，终归也没有遇到。

过年的时候，要去给祖先上坟。我的爷爷奶奶，去世得都早，照片都没有留下。东南山，隔着不太远的两个土丘，就是他们另一个世界的家宅。他们当然不能青面獠牙，我没有恐惧感。更多的人上坟，是在西山的祖坟。金银花环绕一座座坟。深处有一块石碑，青石的，我曾经去触摸许多我不知道的名字。此生去后，我信，是去了另外的一个地方，那里有不一样的故事。

村南，竹林上面的山坡上，有一户人家，男主人是我的干爹。乡间的孩子，大都有认干爹的风俗。据说是为了孩子少忧患，好养活。印象中，我极少去过他家，我不太喜欢他。他到我家来，总管我叫"小脑袋"，（父亲的脑袋比较大，他的外号是"大脑袋"）。我不喜欢这个外号，觉得那是对我，也是对父亲的侮辱。看到我气呼呼的，他就笑，过来，把我拎起来，问我承认不承认这外号。我说不。死都不。他就更大声地笑，说我倔强。某一天，父亲告诉我："你干爹死了。"我悚然一惊。说不出是什么滋味。他是上吊死的。我有几次梦见过他。但在梦中，他仍是把我拎起来，大笑，也不是青面獠牙。

三

1999 年和 2000 年，我在盘锦，先是在一个私营的肥料厂做厂长助理。厂长嗜酒，酒酣耳热之际，也讲些奇闻。最奇者是一个叫田小鬼的故事。说比较久的年代了，有一个人做烧饼，每天挑着担子四里八乡地卖烧饼。一天，一个略有阴沉的黄昏，他照例往回走，担子里还剩俩烧饼。山路回环处，蓦然入目的是一个女人，长发，白衣，近看时眉清目秀，只是脸色苍白了些。

"烧饼怎么卖的?"

"一文钱一个。"

"要两个。"

女子走了。卖烧饼的将两文钱放进裤兜里回了家，夜里他又数了数今天卖烧饼所得的钱。可怎么数都少了两文。他百思不解，赶紧将口袋翻转一看，还是没有。后来，他想起什么似的，伸手在裤兜里摸索，轻盈的，怪异的，拿出来，一看，竟然是两张——

这世界那么多人

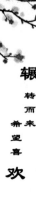
纸钱。

卖烧饼的有一种窒息的感觉。一路上的经历，只有……那个女子？惊惶之后，请教阴阳先生。先生说，看来那是个女鬼，不过没有害你之心，她买烧饼，也不是自己吃，肯定有心愿未了。或许是为了孩子。

那……如何破解？

还需要你啊。那个女子既然来买一次烧饼，就还会再找你。你这样，偷偷带一根针，穿上红线，趁她买完烧饼转身的瞬间，轻轻别在她的衣服上。她不会害你。只有这样，才能破解劫数。

卖烧饼的最终还是答应了。虽然，心怎么都像冬天抽搐的刺猬。

如阴阳先生所料。几天后的一个黄昏，还是在那个地方，长发，白衣。

…………

女子走了。人们跟着地上细长的红绳，一路寻到山里。是一座坟，某个村子的少妇，难产，母亲和孩子都死了。挖开坟，死去的母亲身边，一个男孩子，笑眼，正吃着一块烧饼呢。那孩子出生头发都是雪白的，被乡人接回去，取名叫田小鬼。娶妻，生子，活了七八十岁。

听到这个故事，那个冬天，我晚上总不敢轻易出去。

四

后来肥料厂迁到了一个叫雷家的村子。我写过，那里有鱼塘。

村子的东南一角是小学。围墙在一场雷雨中坍塌。晚上路过，门卫会亮着灯，几个人聊天的声音很大。

校园南面围墙外，一片鱼塘，草木环绕，水不知深浅，说是养过黑鱼，但每年收网，收获总是寥寥。乡村的传说中，黑鱼是能成精的。有人在鱼塘中野浴死了。神秘。更神秘的，是看鱼塘的一位中年人，脸上不知是受伤还是天生的，一小片乌黑色。当然我们很快用酒菜博得了他的好感，获准可以在鱼塘西面人迹罕至的草丛中钓鱼。厂长妻子的侄子，是我的朋友，擅钓鱼，一个下午曾经钓过三四尾鲤鱼。

因为近中秋，目光犀利的他很快发现，校园里种了不少葡萄，有的葡萄粒，已经饱满可餐。他极力约我晚上去偷偷摘点，我只答应帮他望风。

我们潜伏到葡萄架附近，能清晰地听见门卫几个人说话的声音。我在两排校舍（平房）之间，他进入绵延的葡萄藤里。我看着，一面担心，一面希望他摘一点就回来，可是他似乎很执着。我轻声呼唤，他也听不见，或者不以为意。可是两墙之间的声音却如此清晰，似乎被放大。我总是感觉身后的黑夜，也或许黑鱼精的传闻在我的血液中，像苗人的蛊。我分明就听见，身后有脚步声，不沉重，但是一步一步在走近。再近，近到像树荫投下的阴影。

心一下子就到了嗓子眼。呼吸急促，不敢回头，赶紧沿着校舍的墙边，脚尖触地，不顾一切地往回跑。不知道自己是怎么回去的。在灯下，全身每一个毛孔都像冷水渍着。翘首以待，朋友过了很久才回来，一大抱葡萄，得意胜过责备。还若无其事地说，你小子怎么跑了，我找你半天。

你没听见我喊你？我心有余悸地问。

没有啊。

身后没有脚步声？

你啊，他大笑，我摘完葡萄，还纳闷你去哪儿了，找了好几圈。

末了，他眼睛瞪得大大的，说，你遇到黑鱼精了吧。

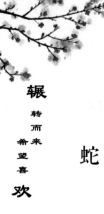

蛇

一

《圣经》中，上帝创造世界，给黑暗以光，然后是万物，最后以自己的形象造人。人是后来的。这一点上，未若我们的祖先，天人合一，阴阳五行，靡不有身思。单是十二生肖，和十二月，或十二律，原来我们每个人，竟与自然之一牛一鼠、一兔一羊相呼。

我是属蛇的。所以平生对蛇，多一种情感。三舅年轻的时候，在云南当过兵，听母亲说，三舅吃过蛇肉，说是蒜瓣状，比猪肉味美。我却觉得匪夷所思。怎么能吃蛇呢？那可是流落人间的龙，富有灵性。伏羲女娲，蛇首人身，许多远古的部落，曾以蛇为图腾。当然自己也有中招的时候。1999 年，秋天，去哈尔滨，老板请我们吃饭。我是后去的。落座，同事就指着一小杯肉羹说，尝尝。一股淡淡的土腥味，介于少年时吃过的青蛙腿和野兔。

"到底是什么？"我问。

"蛇羹。"

说不出当时我是什么滋味。反胃加愧疚。当年周文王吃伯邑考的肉，吐出来，变成兔子。我呢？

二

乡村的田野，夏日时节，蛇并不少见。山上有，水里有，菜园里有，小巷里也有。有一次，一条蛇在我家的小巷里被发现，追打，蛇夺路跑到我家门前的石头缝里，拼命往里钻。人们拉住蛇尾巴，费了九牛二虎之力也无可奈何。算了，放下屠刀。大人们说，每家其实都有蛇，不过，你不伤害它，它也不会主动攻击你。

不放下屠刀的也有。听说村子里有过一个老祖母，在桌子前喝粥，那时的房子一般是黄土墙，麦秸顶。"啪"的一声，什么东西掉下来，直接砸到碗里。定睛去看，居然是一条白蛇。

"后来呢？"我问过母亲。

后来，老祖母就把白蛇煮了吃了。不久，老祖母就死了。人们说，白蛇其实就是龙。

三

夏天到来的时候，会有一双凉鞋。当然不是城里孩子或者乡间富有的同学那样的，而是橡胶皮，几个钉子，经过村里皮匠的敲打，穿在脚上，踏实，简约，如近草木。其实平时的布鞋，也大都是手工做成的。外祖母去世早，母亲应该没有经过那样的训练，手工难免笨拙，记忆中她不怎么做鞋。

有一次，德超弟的妈妈，我的大婶，给我做了一双布鞋。我兴奋得就想上山奔跑。拉上德超弟，风一样到了村子东南河边的山坡田埂间。青草离离，蔚然的季节。我们就在山坡上，谈着少年的心事。

"哥，别动！"

我一愣。怎么了？

蛇。绿色的，一条。距离我们的位置，不到一米。

我们当时也许是因为恐惧而不知所措，雕塑一般定在那里。

它兀自爬走了。我俩才相呼一声，不顾一切地往山坡下跳。山坡上是小梯田。

在山坡下的大路上，气喘吁吁，半天仍心有余悸。

这世界那么多人

171

四

独自的危险经历也有。我写过爷爷的茶园。在西山上。偶尔会打着采茶的旗号，偷闲去玩。

渴了。问他们，谁去喝水？

没有。

我就自己下去。茶园的西面，低洼处，是邻村的水库。前面一个长方形的水泥池子，里面有水。

喝完水，往回走。二三十步远吧，想起玻璃球还在池子边的石头上。

转身回来。

蛇。

《捕蛇者说》里，有这样的句子："黑质而白章，触草木尽死。"

那是一条大蛇。

红质，黑章。

正在那里吸水。

我一路狂奔，跑到几乎虚脱。

我在那里喝水的时候，它在哪儿？

五

来塞上了，抚顺。有两年，我住在一个仓库改成的泥巴屋里。

不蔽风日。而且有老鼠。不止一只。

往往，我躺在床上看书，常有三两只老鼠，也许是一家也许是伙伴，我开着灯它们也敢出来，嬉闹，吱吱有声。

我呵斥，它们就躲起来。一会儿再出来。倒也相安。

世上每个走近了的生命，原本就该暖若故人。

可是有天夜里，半梦半醒的，总觉得枕头边上有动静。那时还没有深读《聊斋志异》，所以，不会是花妖狐怪。

我伸手去耳朵边，柔软的，毛茸茸的，悚然，甩手去打。

老鼠。或许是来啃我的耳朵的吧。

不过我还要住在那里。

二叔家的小妹，到我的泥巴屋里，她喜欢到处翻翻。

后来，她来，竟然发现屋子里有条蛇。

我没有见到，是二叔把蛇打死扔进水沟的。

那个屋子，我就再没有住过。

六

别人与蛇的故事，似乎与我不同。

某君，初中与我不是一个班的，居然喜欢养蛇。一次去他家玩，他拿来一个坛子。

"蛇，养着，看看不？"

没看。

他讲起蛇就一脸的神采。在山的什么位置会有蛇，什么样的蛇有毒，什么样的蛇没毒，怎么抓蛇。

他还捋起袖子，那里，很深的刀伤。《盗墓笔记》的感觉。

说是有一次抓蛇，被蛇咬了，怕有毒，又没有药，用刀剜的。

抚顺的初中三年，那个地方叫平楼中学。当然今天到处高楼林立，不再是当年稻田环绕的画面。

校园也没有围墙。

蛇也可以进来。

有一天，汹汹，嚣嚣，说来了一条蛇。

继明，初中与我也不是一个班的，去了，传奇般，抓起蛇，拎走，放了。

这世界那么多人

许多年后，继明，当年那个贫寒的少年，那个虽然也会因为结婚家里拿不出钱，在深夜的街头大哭。但他还是坚忍而又多少也带着那么点狡黠地生活，屠沽谋生，至于小康，至于腰缠万贯。

读《说文解字》，"初，始也。裁者衣之始也。"多少乡村少年的父母，真正懂得，自己的孩子，最初的心灵，曾经打下过什么样的印记。给他们衣食所安，可曾又给过他们一把刀，像故事里的那个庖丁，执刀而游于世间。当然这把刀，是无所畏惧的勇敢。

七

蛇之外，乡间的事物，我记得的，还有村子中间的那口井，青石的井壁，清澈的井水。

还有就是，当年，那个算命的瞎子，说过的话，我终归不是吃家里饭的人。

后来，我没怎么再遇见蛇。

或者说，蛇没怎么再遇见我。

夕 颜

一

花盆里的花儿，陆续开了。那是一个孩子，给我带来的种子。两个小玻璃瓶里，说是桔梗和人参。桔梗和人参不太熟悉，柔绿的藤蔓间，开了的确是夕颜。

何况，它们开了，每一朵可以看几天，颜色也都不同。时候正是初夏，柳絮满城，层层苍翠间，也有不少花，明艳如锦。小小的夕颜，倒像是一个隐者，不执迷于车马喧闹，一身紫衣，安居于山谷间。

昨晚小聚，友人问我西藏之旅，会是怎样的行程。我说，不一定是为了雪山，为了湖泊，其实我就是想在拉萨那里住几天，什么也不想做。喝半碗青稞酒，街头走一走，布达拉宫外面坐一坐。也许就只是为了去看看。也许，就只是我想做一回我自己了。

一生有多少时光，可以不计回报，不恨流年。我自葛衣，君自轻裘。

我将在哪里老去？从容还是仓促？我好像有许多话，要对这初夏的夕颜说，觉得它都懂得。它在我的伫立间随风摇曳，然后静静地凋落。此生多少相遇，走到了不远不近，却走不到白发之辙。

收藏了两首古筝曲。一首《追梦人》，一首《送别》。《送别》的沧桑，丝竹似乎难以描摹，那样一种走向天涯古道的零落，得经过多少人间的悲欢才可以彻骨懂得。《追梦人》弹奏得真好，不冷不热，不疾不涩，流风回雪。

母亲节，请母亲吃饭，点了只小羊腿，她喜欢的。要了份生卤虾，我喜欢的。这一年，她62岁，我42岁。许多年过去，我写过，只有母亲，肯让我躺在她的腿上，一根一根拔我的白头发。我们之间的话不多，见面时，我一般就问问她最近的肠胃好不好，她提醒我比较多的是不要喝浓茶。

许多温暖的相遇，是在繁花都过后。我在人间，已爱上缓慢地行走，摘一朵夕颜，放在书页上，看一个午后。知道心不可如此之暮，可是从哪里开始，我已只肯低头向一蓑烟雨，江湖之候。

一个人，答应我，不再饮酒，我说我信，无论能否做到，不必去察渊鱼，只当能够。

一卷《红楼梦》，曾经那么沉迷，又那么怕读《葬花吟》，还有风雪中一拜金陵驿的宝玉。现在懂了，落花之温，暮雪相认，轻唱离歌，也是美好。总会走到路远云深，君向潇湘我向秦。我走过那么多山水，虽不复

这世界那么多人

少年长歌行，可是，你来，我懂；你唱，我听。

溯洄从之，都已多久。谢谢，夕颜。谢谢我来时，你在这里相候。

（2018 年 5 月 15 日）

二

那一篇文字，名字最初用的是"牵牛"。说真的，我只记得这个。朋友告诉我，那应该叫夕颜，暮色中开放，清晨时落去。好，改了。然而又有人告诉我，我拍的照片，紫色花的那种，其实就是牵牛，也叫作朝颜。

竟不辨朝颜与夕颜。一若少年锦缎，一若白衣飘飘。怆然，不知道一下子知道了这两种花，以及它们的不同的名字，印在心里的，最多还是牵牛。也不知朝颜和夕颜这两个名字，我能记得多久。也或许，像紫霞和青霞，本不分彼此，都是佛祖的灯芯。

少年初相识，青春漫相知，山路婉转之后，到了夕颜的时候，有多少还可以恣意相认？

母亲有五个哥哥，换言之，我有五个舅舅。大舅已经作古，五舅很多年里却在我心里。那时我很小，他也未老，他在山坡上放羊，曾经用黑陶罐给我煮过羊奶，也就只有这点记忆。衣食无着的岁月里，他也曾偷过东西，很多次进过派出所。他们都是孤儿，他的哥哥们，没有能力，也不想去管他。后来我到塞上，他似乎也在人间消失了一般。只是偶尔跟母亲谈起，不知道他是否还活着。

那一年，舅舅家的哥哥和弟弟来，说已经打探到五舅，也就是他们的五叔的消息，要去把他接来，一起聚聚。当时我的心里，竟然像《朝花夕拾》里得到《山海经》的鲁迅，"全体都震悚起来"。赶紧订饭店，赶紧点菜，想象许多年过去，他会是什么样子，想象见到他的时候，会是怎样的情景。我会坐在他身边，跟他讲，我还没有忘记小时候，你用黑陶罐给我煮羊奶。

他来了，快60岁的老人了，头白了，话不多，笨拙地跟我们寒暄。能喝一点酒，坐在他身边，问起来，他，我的舅舅，一去三四十年，已经不记得我是谁，甚至我的名字。

吃完饭，问他的打算，他不肯回故乡，也不肯留在这里，他要去他这几十年生活的地方。他一生没有结婚，没有妻儿。

送他上车，目送他远去，世上的这个人，我的舅舅，已无法恣意相认。我一遍一遍地在心里默念："无端更渡桑干水，却望并州是故乡。"

捐助平台上，一个名字如此熟悉。一位初中时的同窗，在上面求助。他的父亲前几年高位截瘫，现在他的母亲又罹患重病卧床。记忆重现，那时也是少年，一起在校园里奔跑，一起去大河上溜冰，他的妹妹也在我们班，冬天时，穿一件红棉袄花儿般美丽。这是多少年过去了，再见面也许能叫出名字，却不复有什么交集。初中的同窗，知道的也都捐了一点钱。

不久，钱又退了回来。打听缘由，是他的老母亲年纪大了，做手术风险大，只能转做保守治疗，而那个捐款的平台所得的钱，只有做手术才可以用。商量一下，大家凑了几千块钱，托两位同窗代表我们送去。只是杯水车薪，却只做生命一程的小小眷顾吧。

也还是回故乡，德超弟陪着我，街巷间走一走。那每一条街巷，都曾留下我们的欢声笑语。路上不断有人打量着我，还有人喊出了我的小名，而亲切又惶恐的我，却大都已不能相认。

每一只见过的鸟儿都去了哪里？每一瓣落花都去了哪里？爱过的人，饮过的酒，读过的书，看过的云，摩挲过的石头，或辜负或刻骨，若身之寿足够，或许，会有那么一天，我还可以呼吸，执卷，却再不可跟这世间，熟悉的名字和气息相认，直到我跟自己也再不复相认，再不复痴迷，再不复恨。请不要怪我，为一朵花的朝颜和夕颜，我曾经这样笨拙而认真。

（2018 年 5 月 16 日）

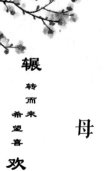

母　亲

一

　　母亲对穿着，有着固执的小小的喜欢。许多年里，这都让我匪夷所思。

　　那曾是贫穷的年代。据母亲自己说，她嫁过来的时候，家里只有几斤生产队分的发霉的地瓜干。母亲的肠胃一直不好，因为在生我的时候，甚至吃不上一个鸡蛋，只有上顿下顿的地瓜。父亲不能下地干活，二叔闯关东，家里里里外外的就是她一个人操持。

　　母亲的父亲和母亲，也就是我的外祖父外祖母，很早就抛下我的五个舅舅和母亲离开了人世。在哥哥们那里，她就是个可怜的小跟班。现在想起来，母亲一生，也没有得到过一点应有的宠爱。《白毛女》里，杨白劳给喜儿买来一点红头绳，喜儿欢喜地扎起来，我的母亲，连红头绳也没有吧。

　　后来，舅舅们分家单过，母亲被二舅带着。二舅年纪大，穷得娶不起媳妇，就只能给二舅换亲。这是一种门当户对的悲怆吧。我的二姑嫁给我的二舅，而母亲嫁给我的父亲。不知道这样的命运安排，母亲当时是如何的态度，从后来他和父亲几乎从未间断的吵闹来看，母亲对父亲，没有太深的感情。那个病恹恹的，只能住茅草屋，连一顿饱饭都不能让她吃饱的父亲，不会是母亲的骄傲。

　　这可能也影响了我。多年前，我可以真挚地喜欢一个人许多年，可是我也只有一颗青涩的心，我甚至觉得，世界上的许多，不可能属于我这样的人。

那曾是怎样贫苦的年代啊，母亲像牛马一样活着。她要推着一车肯定比她要重的东西，上坡，下坡。母亲说，上坡的时候，根本就推不动，不能直上直下，就得走蜿蜒如蛇的路线。有时候好心的邻居，能帮着拉几步。下坡的时候，就得狠命地拉住刹车的绳子，怕万一拉不住，会冲下去。

许多年后，我做老师，教学生读杨万里的《过松源晨炊漆公店》："莫言下岭便无难，赚得行人错喜欢。"不知怎么的，我总会想起那样的场景。

然而母亲对穿着，有着固执的小小的喜欢。

当然，那是对我们。那些贫苦的年代里，母亲要养几只兔子，兔子繁殖快，长大了就能卖。或者养几只鸡，鸡蛋除了我，家里其他人几乎是吃不到的。鸡蛋卖了，去换点油盐。

母亲后来说起过，有一次，大舅到我家，可家里真的一无所有了。母亲只能去远房的奶奶家借了两斤面，又不知从哪里借来了一点花生米。大舅可能是察觉到了，或许是惊讶了，他可能从未想过，自己的妹妹嫁的是这样的人家，连两斤面都得出去借。大舅没有吃面条，他哭了。

母亲后来也说起过，借了人家的东西或钱，一时还不上，因为兔子还没有长大，鸡蛋还没有攒几个卖，她经过人家门口的时候，头总是低下的。最怕的就是人家恰好那一刻出来，就算人家不问，不催，母亲心里也是难受的。那时候的乡邻，对母亲，有着许多的信任和怜悯，这应该跟母亲的为人有关吧。

可是母亲，还是从牙缝里，一点点挤出点钱，过年的时候，给我和妹妹做一身新衣服。许多年里，我记得，冬天的时候，没有衬衣衬裤穿。可是过年时，一身的新衣服，是母亲赐予我们的欢颜。

二

她几乎是一个人侍弄着家里的田地。她的煎饼烙得很好。有一两年，男人们上山打石头，她支起一口大锅炒炸药。她的人缘也好。邻家的哥哥

179

嫂子把她当作亲人，村子西面妹妹的同学，父亲在城市里开车，常年吃着我都没见过的零食，可是她还是宁愿跑到我家，吃母亲做的玉米面糊糊。夏天的井台边，冬天小东屋的煤球炉子边，一壶粗茶，三五乡邻，似乎无所不谈。所以，到了收地的时候，母亲推着独轮车，车上是比她还重的庄稼，每到上坡下坡，母亲无助的时候，人们也乐于帮她推一把。

像《朝花夕拾》中的长妈妈，我的母亲当然也自有她的神力。远房爷爷家承包西山的茶园，采茶要紧的日子，会从本村邻村雇几个人。邻村有个女孩，跟爷爷家的六叔互相爱慕，可是不知为什么，女孩家和爷爷家都视之为洪水猛兽，爷爷甚至说，如果六叔执意跟那个女孩好，就打断六叔的腿。可能那个年代，在老一辈人的眼里，没有媒妁之言的爱情，根本就如《聊斋志异》里的故事，不是狐媚人心，就是目无尊长。

六叔很执着，那个女孩也是。一片冰雪荒原上的，我家，就成了六叔和那个女孩的避难所。他们常来，求母亲劝说爷爷奶奶。母亲的态度与众人截然不同。她认同这场爱情，觉得六叔和那个女孩，一看就是一家人。记得有一次，六叔和那个女孩跑到我家，说爷爷正在满村子找他们，母亲让他俩躲在我家里。

"不行，"母亲忽又觉得不妥，忙说，"赶紧去西院邻居家。"母亲把六叔和那女孩送过去刚回来，爷爷就拎着棍子来找了。当然爷爷找不到。母亲就劝爷爷："大叔，既然六弟和那个女孩铁了心好，你就别这么逼他们了。逼急了，万一他俩都离家出走，你跟我婶不是得担心啊。"

终于，六叔结婚了，虽然爷爷给他们的房子和钱，据说比其他几个叔叔成家时都少。

那个女孩，就是我的六婶。

圣诞·父亲

一

《圣经》里说，耶稣出生在马棚里，不知道他的父亲会有何等的感慨。心灵际会，恐未可得。我想耶稣的父亲，那时候还无法料到，那夜天空中出现的最亮的星辰，就是他的儿子日后会成为神灵的预兆。或许在一个父亲的眼里，儿子首先还只是儿子，没有那些微言大义可言。

不知道耶稣有没有平安夜和圣诞节的礼物，如果有，大概也是那个用马槽子做成的摇篮。

二

下班，提前回到家，趁你去上英语课，将买的大盒的费列罗给奶奶，告诉她，一定要半夜时给你放在枕头边，告诉你，这是今年圣诞老人给你的礼物。圣诞老人知道你爱吃巧克力。

儿子，三四岁开始，到现在十岁，我当了十年的圣诞老人啊。每年瞒着你，先偷偷打探你许愿的礼物是什么，然后像贼一样，买来，藏好，半夜起来放好，让你的想象中，一直有那个别人家可能来也可能不来的圣诞老人。

而你由最初的欣悦，到坚信，到偶尔的怀疑，到闪闪烁烁，我不知道，我这个圣诞老人，还能再当多久，而你这个相信着圣诞老人的儿子，还能再相信多久。

这世界那么多人

三

爸爸的童年没有圣诞节，也没有圣诞节的礼物。也不记得，我的父亲，从小到大是否曾给我买过礼物。只记得去赶集的时候，父亲在前面走，我在后面跟着，父亲往往会领我到卖小吃的摊子上，三两根油条，一碗豆腐脑，很奢侈地饕餮一顿。夏天的时候，到山上去买西瓜吃。似乎只有这些？

父亲多病，估计是气管炎，后来转成肺病，一年到头，印象中总是扎针。从少年时候起，我似乎总有一种不祥的预感：父亲能陪我多久？病弱的父亲，只要他还在，我生命中就不会有那么苍凉。

然而这份苍凉开始于初二。父亲死了。他死的时候，我不在他的身边。

从此再也没有暖过。

四

曾经写过这样的一句诗："谁能让我慵懒地过一生。"猴子叔叔看到这诗的时候，还大为叹赏，每个人，再坚强的人，都希望生命中有一份慵懒，不仅是不为衣食忧，还是一份心里的不孤单。有父亲在的孩子，拥有的似乎是整个的世界。父亲似乎有一种出了家门就无所不能的气质和品格。总觉得，母亲是血脉，而父亲是骨骼。

月印万川，恒河沙数。我理解甚至纵容你的那份慵懒，儿子，因为我还在，你有资格这样。你知道我说的，也不仅是衣食，而是一种可能性。我想让你觉得，这世上那么多美好的想象，其实是可能的。比如圣诞老人。

五

儿子，我其实也不太善于跟你交流，男人之间，唯有诗书茶剑，可以相知向晚。或许只有这些。等你再大些，能看得懂这些，请你记得我一路而来许多的光阴，其实是所有的父亲一样，是用自己心里的万水千山，给自己的孩子，把脚下的路，力所能及地踩得坚实一点。

等 待

坐在书店门前的长椅上，等着儿子。

这本是日程之外的事。下午，他去上课，我要出去取送给朋友的书和茶。一起坐几站路。

等车的时候，他说："爸，你白头发比以前多了。"

我说："拔了。"一直以来的习惯，见到白发，哪怕一根，也视之为寇仇，除之而后快。

他不给我拔。也是他一直以来的习惯。

想一想，只有我的母亲，肯给我耐心地，一根根地把白头发拔下来。

再三商量，动手了，可只拔了三根，又顾左右而言他。

在车上，他问我，4点半下课时，我来接他不。

我说，你这么大了，自己能回去吧。

他轻描淡写，早就能了。

不过，还是有意无意地问了两遍。

好。我告诉他，4点半，我会在这里等他。

难得今天的阳光这么好。路边的树，也静默如荷。

十几年了，真是没怎么等待过他。

即便是去江南。也是我在前面走，他在后面跟着。

一转眼，就是十几年。

没有给过他等待的我，应该是少了一些温暖。

或许，这里有遗传的影子。印象中，我的父亲，好像也没有多少次等待过我。我像一个小跟班，走在他的后面。

我们之间，亦不多言。他是以他的病躯，跟母亲一起，给我衣食所安。

他也不曾让我给他拔过一根白发。他也没有活到满头白发。

然后，他故去，把我留在世上，走过许多贫寒而倔强的岁月。

然后，慢慢地，我就到了他当时故去的年龄。

父亲，在很远的地方和时间里等着我，我知道。而我此刻，在等着自己的儿子，他知道。

不用众里相寻，不说辛苦遗憾，他将从马路的那边过来，问我等了他多长时间。

（2017 年 10 月 4 日）

父子的饕餮

坐在我对面的这个男孩，喝着生榨，偶尔来个生吃牛肉小串，更多的时候，他会回头，电视里无论播放着什么，都足以吸引他。

而我，也在他的对面，吃一只醉虾，吃一点麻辣烫，偶尔喝几口啤酒。秋天的夜晚，刚刚下过雨，让我觉得，需要这样一点父子间的温暖。

我们很少这样饕餮。他已经 14 岁，不喝一口酒。我们之间，对食物的爱好大相径庭。我确实也不知道他喜欢吃什么。我是杂食的，白菜豆腐可以，鸡鸭鱼肉也可以，难得的空闲之中，我喜欢，看他坐在我的对面。

今晚是他让着我的。他不怎么喜欢吃烧烤。他最喜欢的是麻辣烫。假期里，我陪他去 500 米外的小市场，他坐在那里，兀自尽情地吃着麻辣烫，我只负责看。

偶尔也抬起头来问："爸，你吃不？"

不吃。常常回他的一句是：看看你的品味。

上苍的恩赐，让我比我的父亲幸运。14 岁，我可以依然在这世上，陪他去江南，接受他已经开始的，对我的挑衅和忍让。

此生的劳劳，多少不曾对他说。

此生的悲欢，多少落在他的身上。

虽然不知道，在他的心里，我是怎样的一个父亲。

等着有一天，他坐在我的对面，我吃着我喜欢吃的东西，他说，看看你的品味。

（2017 年 10 月 15 日）

写给去北京参加冬令营的儿子

此刻，你应该坐在车里，开启你的北京之旅。

送你下楼，暮色之中，目送车子远去。14 岁，这是你第一次真正离开家，开始属于你的游历。不知你此刻的心情如何，我对你还是羡慕有加的。此一路，有几位同学相伴，火车也是卧铺，虽然路途比较漫长，但总是令人期待。何况是北京。

2000 年我去西安，深夜，火车在北京西站暂停，只有 10 分钟，我还

这世界那么多人

185

是下去，努力蹦了几下，感受皇城首都的气息。汉代的王充，在他的书里说，读书如同游览集市，琳琅丰富，适足快意。那也是我许多年想一游的地方，将来希望我们父子能够同去。这一程，算是小小的割舍。天地之大，风景之美好，人间之珍贵，需要你自己去体验。

那一年，我教初二，我的一个弟子，他16岁，他跟我说他要一个人去东营，看看黄河的入海口。可是他的父母有点担心。我说，我支持。后来他去了。当一个少年站在芦苇岸边，看着黄河，那该是多么有意义的心灵瞬间。朝碧海而暮苍梧，确实有许多的力不能及，然而，该有这样的一份心境。去看看世界，那些让自己心驰神往的地方，幸运，幸福。

你会去清华园，会去故宫，你的行程我没有逐一去看，是不是还有长城。去哪里都好，趁着你年少，可以不避辛苦，不怯于霜雪茂茂。而且我知道，你是乐于此行的。挣脱了父母的羁绊，逃过了作业的魔咒，你会像那个刚刚从石头缝里蹦出来的悟空，自得逍遥。

不担心你的心情。不过还是要简单叮嘱。一行人中，你比他们大一些，如果可能，要为大家分担点什么。旅行箱里的美食，不妨拿出来与大家分享。每个人性格不同，愿你能与大家相处愉快。司洺赫是个有趣的男孩，出入相友，你会发现他的思想和风采。几个女孩，温婉的比较少，女汉子多一点，希望你足够绅士。口香糖常吃几粒再与别人说话，是一种尊重。不随意扔任何一点垃圾。给你带的那一本《苏菲的世界》，有时间可以读一读。

你会见到来自许多地方的同龄人，愿你择善而听，不虚此行。

常在电话里跟我炫耀你的步履和光芒吧。

（2018年2月2日）

父子·恍然

注视许久，他仍在酣眠中。

起床困难户。

散落的书和作业。

恍然，这就是我15岁的儿子吗？

床下的一双新鞋子。其实是他掠夺我的。每晚回家，只要我拎着比较沉重的袋子，他一定不会放过。

从小他就能嗅出，那袋子里，一定是书。

一本本地看封面，全然不顾妈妈让他回屋写作业的叱咄。

对书的喜欢，这是我的遗传，虽然头痛于他一川烟草般的字迹，跋涉沙漠般写完的作业，可是对于书，我愿意他有这样的一份亲近。

当然几乎从来没有精读过。只如我们去江南，一路走下来，也没发现他对哪里有彻骨的喜欢。

在卫生间也看，学校午睡的时候，也会偷偷用棉服蒙住脑袋，躲在里面读《曾国藩传》。他的老师告诉我的时候，我苦笑，意料之中。昨晚他在那里看着什么，不对，一定不是在看作业，如果是作业，根本也不会凝神如木石。

蹑手蹑脚地过去，迅速抢到手里，果然，是我新买的一堆书中的一本《中国人的一天》。

恍然，也许真是长大了，开始看一些我的书，否则他一定是看《斗罗大陆》之类的玄幻小说的。

因为，从他四五岁开始，带他逛书摊，买书从来就有共识：我的是我的，他的是他的。

现在，他有点过界了。

这世界那么多人

就像那双鞋子，本来也是我的。可是，半个晚上，他不停地劝我试试，盛意可疑，平日里怎么可能这样关心我。我说："你喜欢，就给你吧。"

他说不要。然后仍然提醒我试试。

明白了。我穿上试试，不错，他提醒我，还有个小仪器呢，可以记录每天走了多少步。

就怕贼惦记。

我说："你穿吧，我不喜欢黑色的，喜欢蓝色的。"

他说："我喜欢黑色的。"

"拿去。"

恍然，还是那个跟在我身后，猴子似的蹦跳的少年吗？

自尊心潜滋暗长了。听他的妈妈说，在学校里，只要有拍照片的时候，从来不肯往前站，要悄悄到后面，找一个什么东西垫在脚下，这样显得高。

妈妈让他做的事情，只有量身高在墙上画线，才朝圣般听话。

在意每一个已经超过我的细节。

比如昨晚过来，要跟我比手，是，比我的手长了两三厘米了，转身去炫耀："比我爸的手长了。"

本来想接一句，我初中时成绩比你好多了。又忍住了，没说。

懒，不爱洗澡。

从妈妈叫他起床，到穿上衣服下地，一般在 10 分钟左右。

喜欢用好一点的笔。

喜欢吃麻辣涮。

对酒从无兴趣。

可以为了单杠达标，课间偷偷去练习，练到手起泡。

正当我油然而生一种骄傲的时候，他又来了一句："单杠可以加两分了，跑步就不用玩命练了。"

中考体育男生 1000 米，满分是 3 分 58 秒，他目前的战绩是：5 分钟。

（2018 年 3 月 24 日）

做老师的那些年

喜欢这样的节奏感。他们慢慢知道自己该做什么。「以时」，所有美好的，如潮汐，如花开，如候鸟，都充满节奏感。

老师在做什么

刚从沈阳参加经络催眠和高效率学习培训回来。歇歇。

早晨 6 点 45 分到校，开始批阅昨天的军训日记。多年的习惯，批阅作文的时候，如果时间允许，就会给学生们写点评语。哪怕是只言片语，那也是一种影响。就如我上学时，我得到的每一次关注和欣赏。

8 点开始军训。今天练习齐步走，一排十几个人走齐，确实不容易，一个是缺乏训练，再就是中国人从小接受的教育里，团体的观念不足。据说旷野里的狼嚎，每一只狼都有着自己的音色，可是无论多少匹狼，只要在一起嚎叫，就是和谐的交响曲。

跟男孩们约定，要做一个自主的人，违反约定的要跑 200 米，或者 400 米，最多 600 米，有一点惩戒的意味。果然一上午有 3 个男孩没有忍住。心里回环了一下，得让他们跑。不过在跑之后，分别做了安抚，告诉他们我的期望。

昨天有点落单的 3 个同学，今天已经开始融入班级了。欣慰。

发现姜雪彤是女生体委的理想人选，声音响亮，认真负责。

发现赵一霖心细，做事不厌其烦，换校服，收保险钱，井然有序。

军训之后，回教室，发放意外伤害保险单、校讯通填写单。通知周五周六周日休息。提醒他们，在正式开学前，最好回去看望一下小学的老师。河流要记得它们还是小溪的时候讲"故旧不遗"的道理，难免还深奥。我总愿我带出来的弟子，做一个有情有义的人。

那个有个性的女孩，今天来了。妈妈送来的。但可能因为学校不让留齐头帘，还是有一点小倔强，在车上不肯进学校。好在班里有跟她一个小学的闺密，让闺密去跟她谈谈，有所缓和。这样的情形，只能非常对待了，就让女生们都去，把她接进来。在班里，也做了点群体面前的疏导，肯定她昨天的本意是努力想不迟到，出现了阴差阳错。

也略谈了几句男生发型的问题，我对男生们说，我欣赏他们现在干净利落的短发，小和尚就小和尚吧，做自己才能让内心安宁幸福。我讲到，两千多年前，工匠制作的兵马俑，其实都是彩色俑。后来因为战火毁坏等诸多原因，才斑驳如此。外在的形象可以美，但我们还是要努力追求那些灵魂的力量。

然后是暑假作业的检测考试。考试前，给他们做了排除考试焦虑的训练。并且告诉他们，考试是在检测他们对知识点的掌握。一个半小时的考试，3科，他们的表现还不错。

11点50分放学。简单整理了一下，坐同事的车去沈阳参加培训。时间太紧，没来得及吃午饭。

休息的间隙，跟几个询问考试成绩的家长做了微信沟通。有必要尽快开一个家长会，一起探讨如何对待初中时代的考试。

(2017年8月24日)

努力的我们

早晨6点35分到校。最早到的尚晶莹已经给每个同学发了数学晨考卷。

喜欢这样的节奏感。他们慢慢知道自己该做什么。"以时"，所有美好的，如潮汐，如花开，如候鸟，都充满节奏感。

我也按时授课，考试，批阅300多份小卷。

弟子们的表现同中有异。像夜幕间，不乏光芒又绝不相同。而我也开始斟酌，每一天怎样与他们相处。

也越来越惊讶于《周易》中的句子：易其心而后语。就是平和，即之也温。面对不同的弟子，不同的情况，话出口之前或出口之后的一瞬间，心中先要一转念。

周子傲早晨来，手里拿着10元钱，说是昨天在化学实验室捡到的。颔首，欣慰，表扬了他，说他有君子之风，让他把钱交给生活委员。待他回到座位，我的心忽然一转念，这样的表扬，浓度似乎不够。古书里说，子路救了一个人，那人送他一头牛谢恩，子路收下牛，得到了孔子的赞美。因为子路之举，无形中给世人暗示，救人会有所得。

书桌上正好有本《布衣壶宗：顾景舟传》，叫他过来，给他，一代大师的一生，勉励他好好地读。

间操跑步回来，楼门口的地毯上，有两张不知谁丢弃的纸。本想让弟子捡起来，也是一转念，那指令式的话，恐怕不能让他们心悦。我就问，这是我班的分担区吗？——当然是——我叹息说，有纸啊。冯博印和李君童，弯腰捡起。

下午的国学课，给他们讲了"煞风景"这个词，主要讲了"花下晒裈""清泉濯足""背山起楼"和"焚琴煮鹤"。有几次他们听得前仰后合。顺势又讲了汉武帝李夫人的故事。李夫人病重，武帝去探望诀别，李夫人却掩面不让他见，只让他记住自己当初最美的样子。

是啊，我们来人间的意义何在？我觉得是，因为我们此身之来，此时此地，风景因我们而美。

确实又是一转念，赞美了几个弟子。比如，戈一凝每天来，从不间断地将窗台擦拭得一尘不染；比如，郭鑫月最近考试的进步；比如，孙艺菡专注地上课的姿态；比如，郭娅轩的舞蹈。

我想，他们懂。

即便他们还不能截然就改变，这样的浸润，也一定会集腋成裘。

易其心而后语。

对天地万物，对人，如果懂得，就给他们一点空间；如果还未懂得，就给他们一点时间。

推荐董姝妤参加抚顺市的百科知识竞赛。5个人，4个初二的，只有她初一。愿她令我惊叹的记忆力，会让她小试峥嵘。

最后一节自习课，去给初二的学生做高效率学习的导入。回来时，了解到有三四个弟子有点"异动"，果断地处理了一下。立竿，希望可以见影。

下班，去乐购，买了双鞋。去买小衫，才发现自己不会买东西，挑了10多分钟，拿下来想试试，那边服务员说："先生，那是女款。"

落荒而逃。出去，胡乱地买了一件。

（2017年9月5日）

水浒女孩赵一霖

跟他们开始一段旅程了。

每一天都如此不同。每一个人都与众不同。今天下午，赵一霖就让我虚惊一场。

初见时，觉得那是一个矜持的文静的女生，除了寒暄，也没有太多的话。

发放校服，统计数量和名单的时候，她开始变得热情，像骏马发现了草原。主动过来帮忙，前前后后的，挺压场。

让她试着去为班级购物，也能准时而稳妥。

让她试试做生活委员。

上一届弟子，生活委员是赵紫含，心若月光皎洁的女孩，字亦端庄，我希望赵一霖也是。

发现希腊人就是有智慧，人不能两次踏进同一条河流。我们遇到的人，经历的故事，一旦走过，就别再回头。

我开始关注赵一霖，清理卫生间报名，手高高举起；发放各科作业，如蛇蜿蜒，往往脚没离开座位，身子就要飞出来了。

嗯？那个起初看起来比郭娅轩还要文静的赵一霖呢？越看越像《水浒传》中人呢？

下午第八节课，她猛然说："老师，钱丢了。"

悚然一惊。

她说，上午收的办公交卡的钱和材料，放在桌子上，不见了。

赶紧找找，桌子，书包，脚下，没有。

平复了一下呼吸，赶紧带他们出去参加军训闭营仪式。再悄悄把她和褚天姝找来，告诉她们，再回去找找，就在她的座位前后找找，地上，角落里，教室的地面，我总觉得，她发作业的时候，会捎带着把钱甩出去。

回来了。

钱掉到前位敞开的书包上了。

水浒女孩，三年里，还得演绎出多少十五个吊桶打水的忐忑？

（2017 年 9 月 6 日）

按动一根琴弦

从周五开始，就在思考，如何按动蔡明阳的这根琴弦。

军训的第一天，就被体育老师赏识，眉目间自成气象，是这样的一个蔡明阳。同时又是一个作业完成艰难，考默写"尸横遍野"的蔡明阳。

每一个情绪的背后，一定发生或者发生了什么。心理学这样认为。这

做老师的那些年

也是我要考国家二级心理咨询师的原因之一吧。跟社会上的那些专家相比，他们有理论，而我有故事。

给他的家长发微信，想了解他在小学时的表现、他的家庭环境。

家长说："他以前痴迷电子游戏。"

"他家里还有一个两岁的妹妹，跟他的学习和作业会有关系吗？"

"有一点吧，妹妹还小，有时候会淘气，会打扰他，让他无法静心学习。"

思之再三，完成作业的底线，不能松动。可是，也应该给他一个触发点。

不是冰释，而是信心和幸福感。两点之间，曲线最短。

迂回一下试试。

于是，跟他的家长商量，周一，希望他的妈妈带着他两岁的妹妹来学校。

今天，蔡明阳的妹妹来了。两岁的小丫头，胖胖的，很可爱，一点都不怯场，还爱唱歌。女生们去抱她，她也不躲。

课间，让蔡明阳抱着妹妹在教室里走走，然后拍张合照，照片上是两副灿烂的笑脸。

我也抱着这个小女孩，在讲台上坐坐，教她在黑板上写数字，画小草，虽然她的咿呀学语，我不能全听懂，可是一定是童话般的世界。

我问她："你看这些哥哥，谁最帅？"她伸出手，指向她坐在教室最后面的哥哥。

又问她："这些姐姐，谁最漂亮呢？"她指的是离她最近的孙艺菡。

聪明伶俐的孩子。

我又趁机询问班级有兄弟姐妹的同学，一举手，天哪，这么多：郭娅轩、赵一霖、高增硕、蔡明阳、姜雪彤、陈亦涵、陈纪州、杨皓程、唐秀琪。我极力表达了我的羡慕之情。茫茫人间，世上有兄弟姐妹，出入相友，守望相助，疾病相扶持，那一种偏得的责任与温暖，多好，多好。

提醒他们，多体谅父母的心。

感念蔡明阳家长带来的南果梨、橘子和葡萄。葡萄给了戈一凝和张欣然，南果梨和橘子全班饕餮，还剩了许多，特意给了那些有兄弟姐妹的弟子。

给蔡明阳留了个作业，今天可以不写"每一分努力都不会被辜负，尽管有的，需要时间"，让他写，会怎样做一个哥哥。

今天，第一次按下了他的琴弦。

希望耳会有余音，心会有余甘。

给有兄弟姐妹的弟子留了情商作业，回家，跟自己的兄弟姐妹合影，发到班级群里，让大家再次感受这样的亲情之美。

像一只只注定要蜕去壳的蝉，我们一路走下去，一路体会这人间。

（2017 年 9 月 18 日）

送 礼 物

一天要结束了。

下午做了一件其言也厉的事，是关于纪律的。琴摆好了，有时也有几个不太和谐的音符。所以，今天给他们讲了庖丁解牛的故事。让他们懂得，怎样才是游刃有余。这世界是牛，而我们是刀。刀如何让牛顺利分解，而又不伤到刀。这是他们一生都要思考的事，先讲一讲，留在心里，以待将来吧。

也做了几件即之也温的事。

佳佳妈妈在微信里讲了孩子昨天的故事。路上发现一只猫，被无情地碾压，应该是死了，善良的佳佳，心里怎么能接受这样的结果，她固执地说，小猫肯定是晕倒了，因为要上学，她让妈妈回去时带回去。

做老师的那些年

一颗水晶心。也一定留下了小小的阴影。下午，转念之间，得去趟朋友的礼品店，给她买一只很萌的仓鼠玩具。愿她水晶般的心，能一直是不染伤害的。

孙嘉嶷，给她一个公主娃娃。前几天有点小状况，在家休息了几天。也许是初中学习的压力，她想做得好，有时候又有点吃力。还好，挺过来了，今天，勇敢地上学来了。我说，希望她能做得优雅。虽然是个小小的礼物，却希望浓度足够。

佟怡儒，昨天去沈阳检查身体，六年级时摔伤了一次，至今没有恢复。带着伤来上学的她，要强，吃力。跟她的家长交流，她很有韧性，能吃苦，就像这次腿疼，医生让在家休息，她却要坚持上学，怕被落下，她很努力，也用功。但效果，就比如背的，在家也背了很多遍，有时就得不了满分。不知道问题出在哪儿，是背得不够，还是方法不对？孩子大哭了几回。

想起毕业的这届，四班有个女生，达标的时候，因为体质的问题，腰受伤了，可是，她硬是不肯在家卧床。每次，当我看到她的爸爸妈妈用轮椅推着她，走过我班的走廊，我都会停下讲课，让弟子们注视，这就是英雄，不必金戈铁马，不必叱咤风云，世上每一个要强的生命，都值得敬畏。

上一届，我班的口号，弟子们都会记得：有何胜利可言，挺住就是一切。里尔克的诗。

希望佟怡儒，也是个巾帼英雄。给她买了一个蓝色的沙漏瓶，细小的沙子，准确的时间，自如的心态，坚持的力量，这些也许才是更重要的。

司洺赫，前几天因为自习课的事，座位后调了几天，加上上周的政治小考，那道问答题，他居然答了 0 分，我带着他去礼品店，跟他谈谈心，我说，希望看到他努力而又有气概的一面。当然也了解到了，他每天的体会都会写很久，因为太认真。也了解到，他从小习惯出声朗读背诵，课堂上瞬间的记忆，脑海中是空白的。这个我信。

这个眼中有光的士兵模型，给他，让他知道我的器重，也希望他尽快适应这里的生活，笑傲于这个年级，以至将来。

（2017 年 9 月 14 日）

读弟子们的《成长体会》

周三，是我喜欢的，一节早读，两节正课，一节阅读考试，做完了该做的，就可以有时间细读弟子们的文字。

每天的《成长体会》，一直在坚持。

有的，并没有写我留的题目，而是写他们的遭遇，他们遇到的人，写秋天。也好。

有的，依然与我相和。"鸣鹤在阴，其子和之。"

这是人间一份难得的幸福。

昨天有国学课，给他们讲"缘"。"缘信力"本是佛家的思想，我引入了阅读，也想引入他们的生命。

"缘"字的左面是线，右面是"彖"，这个"彖"，据说是一种能咬断铁链子的野兽。我觉得，那代表了一种力量，比如时间，比如心。

在特定的时间，特定的地点，我们遇到了一个或一些特殊的人和物，我们有了联系，这是缘。有一天，那联系被无形的力量或者我们的心，解开了，散去了，缘就尽了。

我给他们讲，十几年前，我与一本词典失之交臂的故事，给他们讲我与大冰的《我不》。提醒他们，心遇见美好，要好好珍惜，并且，知道有一天，如果缘已尽，就送它好好地去。

我也想看一看这些十几岁的弟子，会如何跟我相和。

做老师的那些年

郭娅轩，写她左手的食指，有点长歪了。因为小时候第一次剪指甲，手一抖，剪到肉里了。于是，她便与这长歪了的指甲有缘。她也写爸爸办公室里的那盆红豆杉，因为总零星地掉叶子，几次要搬出去，结果好多次，又都拿回来了。外面没有它的位子。她说，这红豆杉，与爸爸的办公室很有缘分。

邹俊颉说，"缘"是无形的，但意义却很大。如果生活中，我们与一个事物少了"缘"，我们将失去所有对这个事物的兴趣。

天真的张书语说，他以前非常喜欢吃锅包肉，但现在不喜欢吃了，可能是自己跟锅包肉的"缘"尽了吧。

孙溢擎说，要怀着感恩的心面对这尘世，用感恩的心去面对给我们种粮食、盖房子的人。我们一生都在接受他们的帮助。感念这份缘。

戈一凝说，缘不一定是你拥有什么，而是一种心态。可能是你不在意的仰头，就看见一只飞翔的迷人的鸟，或者不经意间发现了墙角几朵吸引你的野花。

杜雨泽说，缘，就像老师写的文章里，去寺庙里遇见的那个读书的和尚，老师和这个和尚是偶然遇见的，也是必然遇见的。

赵晨皓说，一个人或物，离开了你，不要伤心难过，那是缘尽了。我们要用笑容迎接一个人或物的到来，同样也要用笑容欢送它。要用双手和缘，去经历无限精彩的人生。

李映澎说，缘是什么，它就是有效的联系，你一生吃多少碗饭，走多少步……都是一定的。

赵志君认为，他跟他的师傅司洺赫有缘。说："师傅，请受徒儿一拜。"

邹丰泽写他遇见的一只非常漂亮的鹦鹉，因为是流感多发期，没买，后来去寻找，笼子里空空如也。感叹：只是无缘。

(2017 年 9 月 20 日)

工作日常

发奖状。

批阅体会和作业。

再次表扬了李权升，并且"狙击"了他们昨天的作业。

一节早读，两节正课，一节阅读考试。

语文课讲了朱自清《春》中的"春风图"。讲了引用，讲了感官，用的是《心经》里的"眼耳鼻舌身意"。重点讲了"意"。

春风温暖柔和，春风芳香，春风悦耳动听，归根结底，还是朱自清，心中对于春天的热爱。庄子跟惠子游于濠梁之上，庄子说鱼快乐，归根结底，还是庄子的心是快乐的。

讲了"贬词褒用"。

课间操跑步排队，一只蜻蜓飞来，落在邹丰泽的身上，又飞走了。不久又飞回来，落在他身上。我迅速地抓住，手一扬，让它飞走。

多么美的相遇。我说，也许这只蜻蜓是来跟邹丰泽道别的吧。给他写了一张奖状，提醒他们，将来如果去苏州，可以去看看三生石。多想让他们明白，与这样的一只蜻蜓相遇，也是一份美好和幸运。

纸与墨的相遇，风与花的相遇，丝与竹的相遇。

自习课快下课的时候，突发灵感，觉得应该简单地给他们讲一天俳句，日本经典的文学样式。时间不够，就在黑板上默写了松尾芭蕉的两首俳句：

> 闲寂古池旁，
> 青蛙跳进水中央。

201

扑通一声响。

——《古池》

树下肉丝菜汤上，

飘落樱花瓣。

——《赏樱》

难得，有一个弟子知道一点俳句。

那两个每天都坚持写一篇作文的弟子，我提醒她们，如果累了，写两句短诗，也好。

若歇脚，沙发上可以，树桩上又有何不可？

因为褚天姝要在运动会上读稿子，班级得选一个举牌的。

女生，她们都可爱。选中谁，都会分出差别。灵光一闪，男生，不行吗？

赶紧让体委去问体育老师。可以。

那就肇跃程吧。这个孩子气的弟子，让他在全校 20 个班级，近千名学子面前，昂首阔步地走过去。

女生可以举牌，男生为何不可？

感觉到了，他眼中的兴奋。心，应该是老子笔下的橐龠，能鼓动无穷的风。

放学前，又"狙击"了一次数学作业。因为数学老师在催促，有人借别人抄改的数学作业。

惩戒的是把作业借给别人抄的那一个。

（2017 年 9 月 27 日）

他们从最初走来，还未染尘埃

——初中生笔下的亲情世界

讲完了《秋天的怀念》，就该讲莫怀戚的《散步》了。我跟弟子们说，给上一届学生讲这篇文章的时候，莫怀戚还在，现在却只能也是怀念了。他写的那种人到中年的责任感，我懂。感念人生之久，让我们可以在亲人的身边。

有时候我会想，莫怀戚笔下的母亲，现在还在人间吗？如果在，该是怎样的一种生存状态？他那个非要走小路的儿子怎样了？

很难知道。痛彻骨髓或者暖若天蓝，得真切地与彼此的生命有关。林回弃璧也好，黄香温席也好，外人看来的传奇，在他们那里，只是天经地义。

每一颗心都是一个小小的世界。宛若幽谷。这幽谷中，风景各异。

按照约定，该落笔写自己的亲人了。其实我们又何尝真正知道，孩子的心中，我们究竟是什么模样。

赵晨皓，先读的是他的。这个字写得纵横交错的男孩，居然这样写自己的妈妈——她是一枚骨灰级的吃货。平常和她吃苹果，她永远把小的留给我。我想跟她换，她立马两口把苹果咬掉一半，充满得意地看着表情惊讶的我，嘴里边咬苹果边说："给你留就不错了，有人还吃不到呢。"我对她说："你给我换个妈吧。"她顿时又哈哈大笑起来："你换啊，等你换完我就走。"说完，自己又自顾自地笑去了，只剩我在那里满脸沮丧地吃着一个小小的苹果。（忍俊不禁之余，怎么觉得这跟"慈母手中线，游子身上衣"的意境不合啊）

胡宸瀚，一看布局，就知道藏了不少心里话。估计他本来要写妈妈的

"狮子吼"的——常吼我，无论我在哪儿，也无论有没有人。可他还是矜持了，更多笔墨写他和妈妈之间的趣事，还写到了妈妈的手做手术的事（当年抱着异常肥胖的他，手上多长出了一根筋）。写妈妈接他放学，绷着个大绷带，他当时心里的感动。

杜雨泽写妈妈让他学会"武功"。一开始我还以为是写他学跆拳道，原来不是——当他犯错了，妈妈会追打他，久而久之，他已经练到能够以迅雷不及掩耳之势跑出去，还不忘了带钥匙。

张书语写妈妈的侠气——在别人有困难时，她会出手相助。比如，谁的家人生病住院，她会借给他们钱。别的孩子妈妈有事，她会把孩子接来她家。甚至别人出了什么事，她都要找朋友，问同事来解决问题。

妮妮写她的爸爸，第一次给她梳头——爸爸的手比较大，也比较粗糙，力气也很大，他梳了一下就把我的头发拽疼了，梳的辫子也不好看。可是后来时间久了，爸爸梳头的水平也被锻炼出来了，梳得也蛮好的了。（温馨）

有趣的还有郭娅轩，写她的妈妈也会做些点心给家人吃——初次用烤箱时，不知道它劲儿有多大，预约了200℃，20分钟，结果烤出来的面包都可以盖房子了。

陈雨嫣因为是才女，写妈妈会是这样——我和她之间没有大起大落，只有流水般清澈的感情。餐桌上没有山珍海味，却也没有到粗茶淡饭的地步。她希望——时光变慢些，多好。让她也为自己活一些时间，多好。

唐秀琪观察他的妈妈，细致入微——曾有许多次，她被我气哭过。我马上像个听话的小人儿，在她哭的那一刻我便听起话来。她看我开始听话，哭声就慢慢消失。

刘天祎写她给母亲煮面——上次，我煮了一碗鸡蛋面，恶心得不成样子。母亲却端去，说："这不挺好么！厉害，还会煮面了。"笑着，甜蜜，幸福。

孙艺菡笔下的妈妈还有这样的一面——有时我会觉得她像个孩子，看到好玩的游戏会嚷着参加，有时出去了发现钱包没带，走出房间总会穿走我的鞋子……

王硕浩写妈妈的厨艺——酷爱做饭，但厨艺不好，每次不是没放盐就是没放油，味道简单。但她爱面子，每次必定会皱着眉头吃完，还评价道："我做得这么好吃，你们怎么不吃？快吃，快吃！"

陈亦涵写的是她奔跑的妈妈——很珍惜时间，也很热爱生活。我们会在白雪皑皑的冬天制作春天菜园的手绘图，在炎热的夏天一起 DIY 做雪糕……

程碧瑶眼中的妈妈——妈妈也是很可爱，但又像小孩子。记得之前，我和妈妈一起跑步，她说她能比我跑得快。跑完，她输了，就会找各种理由。比如说，很久都没跑了，以前跑得老快了，跑步可是第一，等等。

佳佳写妈妈脸上的小牙印——我第一次问她是谁咬的，她说是小兔子咬的。后来长大以后，姥姥告诉我，是我小时候咬的妈妈，我就是那只小兔子。

冯博印写道——现在我和妈妈有了分歧，我认为对的她总认为是错误的。当她发现自己错了时，会满脸歉意地解释。

丁晓骞写她去世的爷爷——好多次住院，每次在医院相见，他还是会开心地笑，一如既往地打招呼。

高增硕也写到了自己的爷爷，有一天爷爷在园子里干活——看到爷爷累得满头大汗，那汗珠就像断了线的珠子一样，一滴滴地落在地上。我赶忙从家里拿来冰镇的水给爷爷喝，爷爷夸我是个好孩子。

还有许多，都是天伦之美。

这就是他们心里的亲情，那样美好而不可替代。这就是他们的世界，从最初走来，还未染尘埃。

（2017 年 10 月 20 日）

做老师的那些年

生病的汤敬伊，能吃的程碧瑶

　　他们像几十条溪水，在这里汇流成河。有时候是舒缓的，有时候是曲折的，有时候会激起浪花。

　　初冬时节，朔风初起，教室里那些花，虽然没有绽放的，但盆栽的榕树，叶子还没有褪尽，其他的花，也还有许多的绿意。我跟我的弟子们在一起，走过了两个多月的时间。他们的各自不同的风采，也慢慢呈现。生活应该是这样。

　　家长们很暖心。昨天赵一霖的家长给弟子们带来了橘子和香蕉，今天李权升的妈妈也特意煮了几十个茶叶蛋。弟子们真是幸福。这也能让他们的心，在不断起伏的学习节奏间，有一点生动自由的气息，也能更好地远行。

　　汤敬伊生病了。早晨还行，上午的最后一节，趴在那里。过去问，说是不舒服。摸摸他的脑袋，不是发烧。可能是早晨在家吃了什么吧，或者是感冒的前兆。学校是一个"群居"的场所，犹如丛林，一到冬天，生病的就多起来。好在我班还不多。今天放学，应该喷一点醋。

　　给他倒了点热水，提醒他喝一点。联系他的家长，让他回去好好休息。家长没来期间，正好吃午餐，他也吃不下。蔡明阳和杜雨泽在他身边给他酸奶，给他剥茶叶蛋，看来他也没有胃口。他看上去很安静。

　　每天他都要站在走廊里，等着轮到我班打饭时，大喊一声："打饭了。"平时他吃饭总是很慢，比蜗牛还慢。每次我吃完饭，就过去催促他。

　　临走之前，他问我，下午班会班级要组织下战书（就是弟子们之间大考的挑战），他能多挑战几个人吗？还行，生病了还不忘骑士的荣誉。他几乎敢挑战胜过他的每一个人。第一次月考，铩羽而归，蛰伏了这么久，心气还未泯灭。之前，因为上课不安静，曾被我"发配"到最后一排，那时赵志君也在那里，他俩就一桌。他居然还模仿李白的《闻王昌龄左迁龙标遥有此寄》，给赵志君写了首绝句。

一派天真之外，小同志骨子里的韧劲还是可圈可点的。听他弹奏古筝，虽然是妈妈的衣钵真传，可是，能弹奏得如行云流水，后面应该是付出了许多心血。蔡明阳认他做了师傅，他就比唐僧还热情，一到自习课就拉着蔡明阳去讲题。

还有一个重大的发现。就是程碧瑶。这女孩真是能吃。中午，她居然吃了 1 份米饭，3 个包子。我惊讶了。看来她的潜力不仅在 800 米的赛场，也不全在考场，昨天她的数学大卷又是满分，她的饭量也是笑傲江湖的。我看到她的餐盘里有一个茶叶蛋，就逗她，说怕她不够吃，就把李权升发给我的那个，也放在了她的餐盘里。

她笑了笑，也吃了。

写这些文字的时候，教室外响起敲门声。抬头，汤敬伊，居然又回来了。看来是要挺住上课，或者身体无大碍。但愿无大碍，班会上，我还要见识见识他，这次都要挑战谁。

(2017 年 11 月 3 日)

猫样的心灵：初中生的内心世界

每教一遍郑振铎先生的《猫》，就会感念生命。第一只猫的病死，第二只猫的亡失，尤其是第三只猫的悲剧，不能不令人感喟。世事千重一颗心，虽近在咫尺，却可能白发如新。

眼前的这些弟子，也是一个个鲜活的生命。我很想从他们的笔端，了解他们的内心世界。

这是自感受宠爱的戈一凝：

我是一只惹人注目的猫。在政治课上，我永远是最惹人注目的。作为课代表回答问题，或者向老师报告作业情况，这都是我引人注目的地方。

在中午吃饭时我是引人注目的猫。因为我是回族，要自己带饭，所以我永远像一只贵族猫。当别人投来羡慕的目光，我也会把美食分给他们一点尝尝。

这是平时羞涩拘谨的男孩杨皓程：

盛夏的夜晚，或许我不再孤单。我依旧可以保持我酷酷的模样，像小孩一样去撒娇。有时爬上主人的膝盖，来回溜达。不开心时，趴在主人的脚下哀鸣几声，希望他能懂。

更多时候，我习惯在黑夜中漫游，为的是哪一天突然的闪烁。

这是心态阳光的李映澎：

这个题目是老师在讲课时想出来的，大意是让我们诉说一下自己受到的委屈。

可我并没有在班里受过太大的委屈。即使受了委屈，最后也会被洗白。这个班在我个人的心目中是正直的。

当然也有感到冤枉的王硕浩：

今天语文课上，老师说考语文小卷个别同学有抄的可能，并且还委婉地带上了我。其实我根本没抄，不过倒真是动过这样的念头罢了。但最后我没有做，一是我的责任感制止了我，二是我没找到语文书。我可怜的语文书，掉到地上还被踩了两脚。之所以没有辩驳，是因为老师说这话时语气不对，我怕我的结局比起课文里的那只猫好不了多少。那道题的答案确实是随口编的，假期忘背了。

纯朴的高增硕：

我的主人很喜欢我，但也有不喜欢我对我发脾气的时候。比如，我把花瓶摔碎了，把新鲜的牛奶踢洒……我不断地接受主人对我的喜怒无常，也自由快乐地度过每一天。

需要自信的周子傲：

假如我是一只猫，我也许会被忽略，也许会被重视，也许会被虐待，结果可能好，也不一定好。所以，我要增加自己的存在感。

回顾小学经历，温文尔雅的陈亦涵还有这样的经历：

小学时代我就像一只小猫，面对老师总是有一些拘谨。虽然我不想引人注目，但是班级的舞蹈展示还是选中了我。

无奈，不情愿，也只好默默忍受，谁知，惹恼了我们的班主任，一位中年女士。在看排练时，她狠狠地踢了我一脚……我先是懵了，接着是尴尬，羞辱，不知所措。我的内心像打翻了五味瓶，各种滋味涌上心头，后来只剩下愤怒，就是因为我跳得不可爱吗？

看上去大大咧咧的尚晶莹：

其实，有时候我觉得我像那只猫一样。比如军训那几天，没人在意我，我很孤单，很难过。不过后来好多了。我像一个十分弱小的人，不是

做老师的那些年

209

很上进，有时总挨罚。多可怜的一个我呀！这让我感到几分辛酸。

张书语不愧是公认的松鼠：

我是一只猫，一只快乐、可爱的小猫。在学校，按时完成作业，上课认真听讲，从没被老师批评过。课间，我喜欢先上一个厕所，回来就写作业。偶尔，我喜欢出去晒晒太阳，这样身体健康。

懒懒的唐秀琪：

我是一只猫，静静地吃着饭，不会与他人争斗，只在自己的地方惬意地躺着，渐渐长胖，长得圆圆的，会很可爱。

胡宸瀚依然是思想者的姿态：

我向来是讨厌猫的，因为它们爱往车下钻。可是此刻我总是在想，我要是一只猫多好。很奇怪，不是吗？我要领着众猫，走向光明和希望。

总是无厘头的汤敬伊：

吾为一只猫，从性情看，我比较活泼。有时却被小司的忧郁气质感染了，变成一只忧郁猫。但大多数时候还算活泼，也因活泼受到了很多折磨。

吾为一只猫，从外形看，我比较英俊；从声音看，我的声音悦耳动听。

天使般的佳佳：

我很快乐，我不会吃鸟，相反，我还有一只淡蓝的鹦鹉。今天，我作业没写翻译，谁让我这只猫脑子记不住事了啦。还搭进去一张奖状。奖状我特意选了荣誉性不高的一张，可撕开的一刹那还是好心痛。好想落泪，唉，好猫不落泪。

这次，最让我欣赏的，应该是丁晓骞：

我是一只猫，一只活泼、贪吃、贪玩的猫。

每天早上艰难地从床上爬起来，伸伸爪子，美丽的一天开始了。

来到猫中学，和一群有着极高智商的猫一起学习，下课喵喵地跟猫同学们在操场上聊个不停，操场上一群猫以整齐的队伍跑步，壮观。

回到猫窝，主人已帮着准备好饭菜，蹿上桌子津津有味地吃起来，面对那么多的饭菜，许久不想下桌，必须把盘子舔干净。

每到周末，主人们带我出去散步时，我总是乱跑，走到哪儿玩到哪儿。有一次真的走丢了，自己在马路边喵喵地叫着，被主人找到后，还被说了一顿。

每天晚上便是我的工作时间（学习）。伸出锋利的爪子把老鼠捉住，嘿嘿，又有食物喽！（作业）

（2017 年 11 月 15 日）

骞童之战：竞选团员

周五班会，经过弟子们的推举，5 名同学被初步确定为候选人。为了激发斗志，我说，符合条件的可以提出竞争，现场再进行一轮投票，角出胜负。

做老师的那些年

丁晓骞盯上了李君童。真会挑人。她知道李君童是后起之秀，趁着他的光芒还没有耀眼，发起挑战是知人者智。内心深处，我是希望他们能在一些有意义的经历中体验成长。何况是楚弓楚得。

风乍起，吹皱一池春水。教室里顿时就热闹起来。

发票，写名字，收票。确定由佳佳唱票，杜雨泽写票。过程扣人心弦。几次票数都在拉锯，持平。而且，为了渲染气氛，每次票数相同，我都让佳佳和杜雨泽停下来，紧张的战斗需要动人的休止符。

尘埃落定。李君童 25 票。丁晓骞 29 票。丁晓骞胜出。

此刻，我知道，他们两个人，一定别是一番滋味在心头。我没有表态，季节的变换要物候来说。我想知道弟子们从中有多少观察和所得。

今天，体会本收上来，开始留意这件事。

丁晓骞如是说：

挑战了李君童，四票之差，赢了。其实自己没认为能挑战成功，感谢同学们的信任。希望以后会做得更好。

李君童的感慨多一些：

这次，算是败了？

是失去了些，但还是有所得的。要感谢那 25 个投我的同学，虽然不知道是谁，在此谢了。心中没有失落？那是假的，多少都会有的。毕竟，那里的名字，本应是我。

本次的竞选，她胜的原因，大概因为她是女生吧。一个女生，我们总不能让她有挫败感。而男孩不同，男孩需要历练。毕竟战局已定，就让它过去吧。

加油努力，下次，前进，会好的。

车略修看到了这样的一面：

老师一笑，掏出一摞纸片，显然是早准备好的。发给每个同学，开始投票。

一开始念的都是李君童的票，他直呼，没悬念了。可随着丁晓骞的票数越来越多，他的头也渐渐抬起，眼里闪出光来。最后，丁晓骞赢了。这时，我看看李君童，瘫在椅子上，沮丧而又故作坚强地啃着一个大苹果。心情可以理解。

妮妮说：

他们两个都各有优点。丁晓骞是我很好的朋友，我们也是小学同学，她是一个文静的女孩，不张扬，有组织能力，而且特别善解人意，和我们相处得特别好，但也会很公正。

李君童嘛，虽然没有很多的了解，但是从这次的期中考试看，他很上进，并且做事有计划。就像上周五他和我们说了，他布置（制订了）了学习计划。他也很热心，是我们班的阿姨（绰号、昵称），他帮忙照顾班级的花草、打扫隔壁化学实验室等。所以我觉得他们两个都很优秀。

虽然我不能说我究竟投了谁，不过，让我们一起努力吧。

戈一凝的眼光也很独到：

李君童，我们的大婶，最近他好像太受关注了，但真的是因为优秀才如此。他是我的副课代表（政治），平时收发作业也会找他帮忙，长久以来默契自然也有了。小学就认识他，只知道他是一个学习特别好的人，进进出出几乎没多过一句话，后来才发现他也是个自恋的李君童。希望他以后一直都始于颜值，陷于才华，终于人品。

　　丁晓骞，可谓奇女子一枚，身上自带杀气。夏老师让她管班级纪律，她都认真负责。在班里她是严厉的，有时不笑我都有点害怕。但课下出去时她真的变了个人似的，跟我们打成一片。最清晰的一次记忆是，她第一个跳过女生跳远线。腿长确实有优势。我要是再矮点就和她腿一边高了。作为课代表，在语文上她一丝不苟，收作业时，她每个人都要看一遍，不在座位上就去找，不让语文作业有漏网之鱼。

　　接着，是不是该给他们讲讲三国时，羊祜和陆抗的故事？

（2017 年 11 月 20 日）

流感期末季

一

　　昨夜的最低气温，报的是-23℃。岁寒的时候，确实缺一场雪。

　　有一小段时间没有写点什么了，这是期末必然的节奏感。小忙。带着弟子们一分一秒地攻城略地，还要抗击流感。这是期末流感季。

　　佳佳中午发烧回家了。还有四五个同学，在带病坚持着。每一年，每一届的这个时候，我都心存矛盾。既希望弟子们能够挺得住，又不忍他们咳嗽声此起彼伏。过去的两三天，因为跟他们过于亲切，我也被传染感冒，今天才稍微安稳。

　　期待一场雪。可是雪不来。提醒带伤飞翔的佟怡儒，每天间操跑步和体育课，都要适当地开一点门窗通风。昨天让赵一霖买了几大袋姜汁红糖，给女生每天配发一袋。寒凝大地，虽然教室里暖气不错，可是进出之间，总还是朔风砭骨。

有一阵子了，看到对班老师的桌子上放着一个洋葱，一问，说是预防流感的。这几天生病的多，一下子想起来了。周一，让赵一霖午休时去市场买洋葱，特意叮嘱她："要切开。"

忠实的生活委员买了半塑料袋洋葱。我如获至宝一般，赶紧摆放，窗台上，暖气上，花盆边。弟子们惊讶间带着无辜而好奇的神色。

洋葱的气息，慢慢浸润。心下几分欢喜，觉得这空气中的病毒，应该知趣地离开吧，或者如寓言里那个化作轻烟封在瓶子里的魔鬼，别再危害这些年轻的战士。

我的心里还是有几分疑惑的。搜索一下，眉头紧锁：没有科学依据。

弟子们回家肯定会说的，老师买了一堆洋葱，放在教室里防感冒。

思之再三，"不知为不知"吧。这东西虽然不能预防流感，可是也不能扔掉。反正都买了，我回头看看下午的课表，基本是自习课，那就做一回水浒好汉：吃掉。

午饭时，我提高了嗓门，战前动员，有没有吃洋葱的？

弟子们真给面子。当然，都是男生。好。开始发。杜雨泽，王硕浩，田洲源，黎泳辰，蔡明阳，赵志君，冯博印。

一时间，洋葱的气息又洋溢在教室里。不过，吃洋葱的面目不一。田洲源明显是绣花枕头，拿着一小片做做样子；冯博印一副服毒之前的架势；蔡明阳好一点；最帅气的是杜雨泽，拿出一小瓶酱（也许是酱油和醋），吃得津津有味，如享太牢。女生想尝试的也有，可是被我制止了。女生，还是需要一点优雅矜持的。

感念这些吃洋葱的弟子们。辛弃疾"八百里分麾下炙"，我又特意买了一包糖炒板栗，每人分几个，去去洋葱味儿。但愿我不是《庄子》里养猴子的那个狙公。

后来，跟做中医的哥们谈起此事，他说，教室里洋葱确实不能防流感，但吃洋葱还是有点效果的。

洋葱计划就此结束。

前天去对班上课，刚进教室，就闻到一股艾蒿味。原来，他们班一个学生的妈妈在中药房上班，说，熏艾蒿防流感不错。我心里又一动。旋即又觉得不可以贸然去学，打个电话问问专业人士，说是有一点效果。但熏的时间久了，对身体并不好。

去查资料。流感病毒在酸碱浓度比较大的环境中，其活性会受到抑制。

明白。再做一回水浒好汉。让弟子买了八瓶醋精，放学之后，教室里喷洒一番。

对了，听说，吃醋的山西人很少得感冒。明天，女弟子继续发姜汁红糖。男弟子，一起吃点醋？

二

21 时 28 分，儿子在背政治题。我在听着弟子们微信里的诵读，过几分钟，他背一道问答题，就过来找我，背诵给我听。

临近期末，常常是深宵灯火。像是辛弃疾《破阵子》里的吹角连营。

下班之后，去了一趟乐购。给自己买了一袋山楂条，很喜欢那种白糖充盈的感觉。

买了一包咖啡，给儿子。一直不怎么愿意让他喝咖啡的。不过，从他小时候起，他就喜欢把我泡的一杯咖啡偷偷分去一半，还得瞒着他妈妈。如果不幸被发现了，他就会故意抬高了声音，说："我爸让我喝的。"

如果他熬得太晚，也许会用得上。

初二的他，也是在吹角的连营。

不过我也承认，他，还远没有我初一的弟子们拼。他总是懒懒的，似乎没有我当初不服输的勇气。

今天在家长群里，第二次提醒，有几个孩子，不要拼到后半夜。

努力到让爸爸想哭的妮妮，今天有一点咳嗽。明天提醒生活委员，去给她买一点水果。

手头的七八盒酸奶，是地理老师送我的。老人家那天来我班上课，嗓子沙哑不堪。想起包里还有一盒金嗓子喉宝，一盒蓝花药，赶紧让弟子送去。酸奶是老人家的投桃报李吧。

给了姜雪彤四盒，她昨天生病，刚好一些就挺着来上课。

给了佳佳两盒。这茬流感她也没躲过，现在好多了。

给了马天阳两盒。小家伙周五那天，右手有一点肿，让他回家休息，他却非要坚持把上午的课上完。

今天放学的时候，给张书语印了三份生物复习卷，他的生物，让我担心。

周子傲过来，要地理卷。

黎泳辰过来，要了一份历史卷、一份地理卷。马天阳也要。看看他的手，他说，老师，没事，我能写完。说不出的感觉。像我给他们讲的故事里那些希腊少年吧。每到了重要的节日，就要拉到神庙的台阶上，用鞭子抽。把卷子给他，又多看了几眼。此刻，21 时 59 分，这个略胖的弟子，一定在埋头苦读。

还有邹俊颉，这个一说话就会脸红的男孩，总是小心翼翼的，今天却被我批评了几句。昨天考政治问答题，他答得不好。错题再写几遍，他也没有彻底完成。

一个学期快过去了，还是没有很好地按下他的琴弦。中午读他的体会，周五周六周日他一直在生病，偶尔发烧很严重，可是他仍在坚持写作业，还觉得请了一天假，心里感到"惭愧"。明天会跟他谈谈，以后会常常跟他谈谈，想办法让他打开心扉，多一些自信。

放学的时候，让赵一霖买了四瓶醋精，教室里淋洒了一点，估计在上海的王新宇又要笑我不懂科学了。接种疫苗可以预防流感，可是一时还不能"飞入寻常百姓家"。

孙溢擎也有点发烧。

这个流感多发的期末季，需要咬牙走过去。醋精保佑。呵呵。

在乐购，还买了一袋果珍和一瓶陈醋。果珍给女生喝，就当是"八百里分麾下炙"吧。陈醋明天让勇敢的男生尝尝。希望是多彩的一天。

（2017 年 12 月 19 日）

飞雪时节

不知道鱼在夜里是否会睡觉，还是一直感受着海浪和光芒，自由而又时刻充满警觉。

我们就是这样，我和我的弟子，一起奋斗着，走到了飞雪时节。

早晨起来，就在期待着成绩的发布。真像是涸辙之鲋，期待着或是烈日或是甘霖。烈日来，就来吧。要么就是甘霖。

可是每个科目发布成绩并不同期，别是一番滋味。我不是一个视分数为命的人，我知道，弟子们的每一个，他们到来，在我的翼护与鞭策之下，在这里刻下些生命的印痕，然后，所行更远，非我能及。

记得他们有多么努力，李君童，第一个在周五的时候，要把周末作业写完。虽然不赞同这样的做法，然而，期末的非常时期，我欣赏这份男儿血气。只是担心他困。还好，周末他自己去超市，买了一盒咖啡，自己还美其名曰：提神神器。

记得妮妮，冬季的流感一直困扰着她。有时候，过去给她冲一杯果珍，后来干脆把那一袋果珍都给她。她常常咳嗽，却咬牙坚持，像一个伤兵。实在挺不住了，去扎针，病床上还在背诵着复习资料。

还有孙艺菡，一个空灵的女孩，每天我都问她，觉得哪科薄弱一点？她说，生物。我就给她印一份生物卷，往往不久就做完了。拿过来批阅，给她答案，她都一丝不苟地修改。聪明入骨的女孩，一针一线缝着梦想的锦衣。

刘天祎，每天都不忘记擦门，每天都给我发渐进式放松训练的照片和视频，每天都不忘记在"弦歌不辍"群里发抄读名篇的图片。按时做一件事，是一种美德。

喜欢喋喋不休的车略修，我总是冲着他瞪眼。告诉他，只要考不进年部前 20 名，就到教室的角落里闭关修炼。不知道他恐惧了没有。

马天阳，考试前肚子疼了一晚上，第二天，答完上午的卷子，已经疼得不能支撑，匆匆去医院，可还是在医院里答完了语文试卷，下午又蹒跚回来，坚持考完所有的科目。

刚才，石芷冰的妈妈发了个视频，孩子的生物成绩出来，她难过得哭了。我说，哭出来就会排解心中的委屈与不甘。其实她已经很努力，从班级的中后方，冲到了年部的 100 名左右。女生里，她笑起来的时候，灿若阳光。不知道哭起来是怎样的。每个人都必须经历一些什么，哪怕荆棘刺痛，才会像美人鱼，把尾巴变成脚。假期返校的时候，还是希望听她在全班面前弹吉他。

佳佳是幸运的，目前已经杀到了年部的 61 名。这让我感到惊讶。虽然她听话，乖巧，可是，我本来预计她能进入前 100 名就很难得了。有一次，考生物期末模拟卷，在女生中，她居然能排在前三名。我告诉她，这令我惊讶。她说，老师，我别的科也会让你感到惊讶的。

每一个小科都买了一套练习册做题的冯博印，有点为地理考了 94 分失落。可是失落什么，地理单科，他已经是年部第三，数学也是满分。这次还好，还好。

转到这个班级才一个月的王柄皓，也全程答完了卷子。

爱哭的王一涵，作文写得不错。

成绩起伏如曲线的汤敬伊，誓死不肯背小科的胡宸瀚，喜欢趴在桌子上的司洺赫，带病作战的李映澎，胖胖的赵晨皓，字很好看的郭鑫月，总

做老师的那些年

被我比作黑马的陈雨嫣，走廊地砖擦拭得光可鉴人的唐秀琪，永远如袋鼠的张书语，刚转来一个月的王柄皓，我记得你们的努力。

多少次深宵灯火，几万张打印纸。有时候，我会不由自主地半夜醒来，提醒仍在一句一句诵读的你们，赶紧去睡。可是你们总是那么固执。

还有一科，期末成绩就要尘埃落定。目前是，年部前 10 名，我们有 5人；年部前 100 名，我们有 19 人；年部前 150 名，我们有 28 人。你们是最好的。

但期末考试的意义并不全在于此，因为它给了你们一种信心，让你们知道，所有的努力都不会被辜负。也许，应试教育本质上并不完美，它对于布衣之身的人们，却相对公平，那就以它为火，给你们涅槃的力量。

它也一定给了你们努力的样子。而那些气息扑面而来的醋精，我给你们冲的咖啡，窗台上切开的洋葱，所有这些，将变成你们的青春记忆。

(2018 年 1 月 5 日)

北京之旅顺利，戈一凝

此刻，班级群里，同学们正跟你说着祝福的话。明天，你就要在爸爸的陪同下，去北京复查身体，听说还要继续做血液透析。

小心翼翼的孩子，你一直坚持着，努力着，从班级的 40 多名，到了年部前 100 名。

跑步的时候，我总会多看你几眼，你跑不快，可又总是唯恐被落下。有时候跑几圈，就不得不离开队伍，蹲在那里气喘吁吁。

就是这样的一个孩子，不知道你心里肯不肯输给别人，却绝不肯输给自己。开学初的那次体育课，跑圈，你跑了两圈就倒在那里，被同学搀扶起来，开口的第一句话就是：我要跑完。那一幕，至今想起来，仍令人感动。

我说你是小心翼翼的，总是希望找到在这个群体中的存在感。每天为班级擦窗台，作为课代表，在政治课偶尔冷场时及时地救场，认真批改和统计每一次的作业。你是希望你哪怕小小的光芒，也可以在众人的眼中熠熠明亮。

你小心翼翼地写着每一篇体会，懂事得体的话语，确实不像一个初一的孩子。虽然也会感到委屈，比如运动会没有被选上。可是，你仍然阻止你的"闺密"来找我报告体委的不近人情，宁可自己跑到卫生间哭一场。

你微笑着在运动场上做小摄影师，你拉着奶奶的手一起去买菜。你也从不避讳，自己从小生病，许多的时间里都不能断药。

默默地注视着你。你几次跟我说，你想向别的同学那样，拜一个师傅。你要拜的是孙溢擎。因为孙溢擎是数学课代表，而你的数学不好。在我没答应之前，你已经私下里跟孙溢擎说好了这件事。我笑着说，那可是非官方的。你说，非官方的也行。相信老师会看到你拜师的诚意，总有一天会为你主持拜师仪式。

不忍，也不会拂逆你小小的心愿。这样，你就是有师傅的人了。虽然有时，我更希望你不这样小心翼翼，那种叫作"自信"的品格，不应该压在箱底，就像政治课上的侃侃而谈，那才是我愿意看到的。就像我不愿意看到你期末时，像其他同学那样，非得固执地拼到后半夜。

生命总是一路的山重水复，才不辜负蓦然到来的柳暗花明。虽然是短暂的几天，也要照顾好自己。

收到许多的祝福，你一定很开心吧。现在医学这么发达，一点小小的状况，也一定能够战胜，让你免受或者少一点从五六岁就开始的疾病之苦。

戈一凝，你是勇敢的。你也是努力的，期末考试的名次发布，你甚至都考过了你的师傅。

做老师的那些年

　　还有就是，今天班级实行适度的座位挑战计划，听你的妈妈说，你可能是担心了，怕我会因为你请几天的假而给你调换座位。不会的，你和你的师傅都在进步，等你回来，她还是你守望相助的师傅，你还会在那个座位上，快乐地读书。

　　如果时间来得及，你回来的时候，我们会组织一个欢迎仪式，欢迎我们的勇士。"万里赴戎机，关山度若飞"。如果回来时我们已经放假，我会带着同学们去看你，给你也买一个可爱的布娃娃吧。

　　愿你的北京之旅，一切都顺利。

（2018 年 1 月 16 日）

一起看琼枝

　　有什么可以比得上少年锦衣？他们欢喜，他们忧伤，心时而如喜鹊轻盈，时而又如星空无边际。

　　昨天一场雾凇，我还是想给他们去寻几分诗趣，说，去看琼枝吧，会很美。不喜欢用雾凇这个词，也不太喜欢称之为"树挂"。只一场自然馈赠的琼枝之筵，我们也应该留意饕餮。

　　尽情驻足，尽情笑语，尽情探险，或轻触之去蝶飞，风来时作摇曳。

　　今天，阳光里便赏读他们的文字，还好，未曾彼此相负。

　　郭娅轩跟佳佳一起去的。她说——出去看了看，雪白一片，往更远处的树丛走去，更白了。我俩穿着红校服，在雪地里应该特别显眼。

　　车略修笔下的灌木丛也是自成天地——（灌木）个个小巧玲珑，好像披上了洁白的新衣，用手轻拨那细长的枝条，簌簌的声音，顿时又是一幅雪景。

一两个男孩去了校园西南的角落，不知为何，他们都把那里叫作"乱坟岗子"，也许是草木多了些？唐秀琪就是一个探险者——木丛和几棵大树，那里平时也没多少人去，我跳起来摇树枝上的雪，雪便从上面飘下来，十分好玩。

周子傲的文言体——一夜风雪，塑物如此。既然来之，便观赏之。美之亦美，意犹未尽。

廖紫涵原来也有一颗玲珑心——在远处凝望，那敷了一层雪的树，好像是白樱树了，那样纯净，那样圣洁，也仿佛只有那样，才能算是冬天吧。有风拂过之时，那雪又像是一翅一翅的白蝴蝶了，在日光下泛着柔和的光芒。

冯博印也有美丽的句子——那一树树轻盈洁白，宛若琼枝，清秀又雅致，一时间，每个人都高兴起来，比如赵志君、周子傲、石翀睿，争抢去蹦，触摸那一树银白，雪掉了下来，那一刻，每个人都白了头。

赵一霖喜欢写诗句，诗句里的她，不像平时的水浒风格，竟然有点像冰心的《繁星·春水》——去抓住它，又不忍，只跟它合个影，而那琼枝，又衬托自己的美了。

程碧瑶该是怎样的内心世界——我走过我的冬天，那是我独一无二的冬天。我不把它说出来，我喜欢像一个沧桑的老人，在屋里看着大家和树嬉戏。树上的枝条，被雪覆盖。

乐观的是陈纪州——有雪景，有书声，怎能不让人愉快呢？

忽然发现，尚晶莹的文笔，也是可造的——白茫茫的雾气中，几棵树上都挂满了雪。感觉整个世界都白了。那雪仿佛就落在树身上，不肯下来。那树仿佛也多情，拽着雪，不肯让它下来。也许这样它自己更漂亮。

佳佳是一如既往的天真温婉——树上闪着光，耀眼又美丽。和娅轩一起在周围走走，突然好奇雾凇摸起来是什么样的，我们摸了摸枝上的雾凇，凉凉的，像一种霜的晶体，与雪大不相同。偶然发现一片绿色的叶

做老师的那些年

子，虽已枯萎，但在雪中十分耀眼。我很珍惜这片绿叶，因为在皑皑冬雪中发现一点绿多不容易啊。既然生在自然，那就把它送回适合它的地方吧。我把它缠在了枝头，雾凇衬叶，真美！

当然，压轴的，一定还是孙艺菡。

琼 枝

孙艺菡

你说一起去看雪，
那就走吧。
走到老树根前，
站在玉树琼枝边，
你笑我发上沾霜，
如古稀之年。

谁家桥下好人家，
手拢轻纱，
眉眼如画。

又去看它，
可惜雪已化。
不知怎样寻踪迹，
那就等吧。

坐在老树根前，
守在往日琼枝边。
我念你旧衣衫，

你却不在眼前。

日暮西山，

灰姑娘没有等到

她的白马。

谁家桥下好人家，

半朵流年，

一枝梅花。

（2018 年 1 月 19 日）

发红包，检查《道德经》背诵

初六，返校季。

一种新的节奏开始了。早晨出门，略略晚了点，到学校是 6 点 40 分。心中有一点忐忑，第一天，又没有预留晨考卷，教室里会是怎样的一种情形？

推开门，七八个弟子已经到了，无声，清澈，在春天的阳光里，安然而自在，愿意看到他们这样。

印卷子。黑板和走廊的地面有人负责。刘天祎来了就去擦门玻璃。提醒张书语清理室外。

上了 6 节课，批阅了 200 多份卷子。

开篇，先在黑板上写下袁枚的那首五言绝句《苔》。听说这首孤独了三百来年的诗歌，今年却广为人知了。我不是一个愿意追随潮流的人，然而这样美好的一首小诗，还是愿意跟弟子们一起品味的："白日不到处，

做
老
师
的
那
些
年

青春恰自来。苔花如米小，也学牡丹开。"

那么不起眼的苔花，在阳光照不到的地方，也努力地开出了青春的色彩。这又多么像世上的每一个人，心向着光明，就总会与光明同在。

我希望我是，更希望我的弟子们是。

就像窗台上的那盆花，虽然我不知道它的名字，经过了一个冬天，也没有辜负自己，小小的花蕊，温暖的红色，像是火焰。

也给二十多个弟子发了红包。之前跟他们约好的，只要在零点的那一个瞬间，给我发问候，我就会给他们发红包。今天兑现，我跟他们说，许多事，做到恰如其分，恰如其时，才如花开之好。

当然，仔细检查作业，也抓到了几条狡猾的泥鳅。当然躲不过课代表那鹰一般的眼睛，何况是第一天返校。记录，处理，越是在开始，就越需要"击蒙"。

赵志君和梁洺玮如约抄完了一本书。邹俊颉如约抄完了两本书。

黎泳辰，刘天祎，李君童，基本上背完了《道德经》的前 41 章，距离验收还有八九天。刘天祎盯上了张书语的座位。今天看见张书语课间也捧着本《道德经》背了，确实是有了危机感。

放学的时候，廖紫涵过来，送给我两瓶花种子。说一瓶是人参种子，不过年头有点长了，不知道能不能发芽。另一盆是桔梗的种子，孤陋寡闻的我，以前只知道桔梗是拌咸菜的。她说，桔梗开的花很小，不过很好看。

于是放学后，我又在教室里忙碌了一个小时，种下一些。无论怎样，春天是来了。

（2018 年 2 月 21 日）

新学期·拜师礼

每一条鱼都想做一条更好的鱼，每一朵花都想做一朵更好的花。

新学期开始了，春天也在到来，昨夜一场薄雪，天地间略呈氤氲，而初升的太阳却因之是一种温暖的红色。

开始新的一天，我，估计那几个弟子，都是带着满心的春意来的。应该是这样。

昨天放学时留了任务，需要拜师的，回家给自己的师傅，准备一份自己做的食物。"自行束脩"，《论语》中有这样的句子。我们在两千多年后，体会一下夫子之心，也有趣。

最近也常常讲到《道德经》，"故善人者，不善人之师"。我确实是想让那些学习略感吃力，或者心形上达的弟子，在同学间寻找一位亦同窗亦师友的，朝夕提醒，以求上进。

你看那水中的鱼，它们在游动，不仅为了一食而已；枝头的鸟儿，它们也歌唱，不只为了自己而已。蝴蝶翩飞，花儿美丽，那么，每一个人，也一定心存一个更好的自己，我的弟子们也是。而或许他们也因为青春的矜持，因为自身的轻懒，因为学业的加深，有许多的心不能及和力不能及。

帮他们拜一个师傅。这里面，赵志君，我指点他拜戈一凝；吴泽坤，我指点他拜王硕浩；王枘皓，我指点他拜孙溢擎；高增硕自己选了车略修；最特别的是周子傲和邹丰泽。上学期，周子傲拜邹丰泽为师，可是以他的头脑和努力，期末很快就超过了邹丰泽。我说，那就得反过来了，邹丰泽得拜周子傲为师。

礼物必须是自己亲手做的一份食物。

五分钟的拜师仪式。

从朋友圈里看到的。吴泽坤一大早就起来，给王硕浩做荷包蛋。两个荷包蛋还做煳了一个。不过也难得。王柄皓给师傅做了水果沙拉。邹丰泽拿的是两瓶浅粉色的液体，说是精心榨的果汁。西瓜？草莓？或者什么？我看到周子傲那狐疑的神色，像收到了巴豆汁。

高增硕，给车略修准备的是五个煮鸡蛋。五个。怎么都感觉他是照着自己的饭量给车略修准备的。不知道车略修胃口如何。

赵志君没有准备食物，而是准备了一个玩偶。拿过来，放在盆栽榕树上，倒是相得益彰。

石翀睿做了两盒水果罐头，要把其中一盒送给我。君子不夺人所爱，都留给胡宸瀚去饕餮吧。

给马天阳指定了两个徒弟：赵晨皓和肇跃程。他们准备的是牛轧糖。肇跃程的手艺我是相信的。赵晨皓吃牛轧糖还差不多，没有图片为证，还不敢轻易相信。

单是这些，我相信，已经是他们初中的锦瑟上动人的音符。

每一个徒弟，我相信，他们是希望自己，可以在需要帮助的时候，有亲爱的师傅可以相呼。

（2018 年 2 月 27 日）

一起去看戈一凝

戈一凝从北京回来也有几天了。乐观，勇敢，幸运的她，一直让大家记挂。跟弟子们说起，会一起去看她。他们中的许多都还记得，隔三差五地提醒我。也好，道不远人，正是假期，可以让他们以此洗心。

让冯博印统计的。自愿。不用过于声张。说是可以给戈一凝选一个小礼物。我的心思，是三五个人为佳。并且拜托冯博印帮我选购了一个大大的布娃娃：应该是一只熊。憨厚可爱，充满力量。年华渐老，对于现在的弟子们的内心所好，我真是知之甚少。

约定的是今天下午 3 点去。集合的时候，竟然来了十七八个。天哪，若是五六个，打车还是比较方便的。如何是好？

雪中送炭的家长们过来，问我怎么去。我说，打车吧。赵一霖的爸爸说，几个家长都是开车来的，每辆车坐几个孩子。感念。赵一霖的爸爸，肇跃程的爸爸，车略修的妈妈，张书语的爸爸，郭娅轩的妈妈，佳佳的妈妈。安排大家坐家长的车。开了导航，20 分钟左右，到了。

戈一凝在那里迎接大家。我带着弟子们上去，家长在车里等着。

六楼，爬楼梯对他们来说，也是力气活。有的甚至喊着"要缺氧了"。进屋，鞋子在门口洋洋洒洒。孙溢擎穿了个长靴，半天都脱不下来。

戈一凝的爸爸张罗着给大家拿水果，倒果汁，屋子里人声鼎沸。有的在问候戈一凝，有的谈谈她家的十字绣，张书语和陈雨嫣聊着同一个幼儿园的事，程碧瑶今天就是一个哪吒的头型，王硕浩在那里招惹司洺赫，王柄皓多少有点拘谨。

空气中是少年们心灵的温度。我愿看到他们如此。平凡的世间，需要一份人情的温暖。愿他们的同窗之情，可以弥弥久远。

待了十几分钟，想到楼下车里的家长们。该走了。

"这就走了？"有人惊讶。

在心不在形。他们还有几十年，可以守望相助。

到楼下的时候，汤敬伊来了。像是压轴的。手里拎着水果。我说，我们要走了，给你 5 分钟，赶紧把东西送上去。几个先下来的弟子就笑。还好这时候，戈一凝送大家下来，救了他一命。

胖胖的汤敬伊，上楼再下来，怎么也得 10 分钟吧。

（2018 年 2 月 27 日）

做老师的那些年

给陈锡雯

　　确实有些意外，收到你的这封信，而且是一封你所说的道歉信。你说：

　　犹豫了无数次，像是儿时期末考试般忐忑，我还是用尽了最后的勇气来写一封道歉信，请原谅我这个没有感恩之心的徒弟，这么久没有去看望您。原谅我的任性，固执地希望所有的事情都没有结局，最后一次的散伙饭，作文，以及和您相处的日子……

　　看着您每日更新的照片，矛盾与痛苦在心中挣扎，多想再回到那个温暖的大家庭，再听一次您富有哲理而受用一生的人生课堂，望着您在三尺讲台上书写人生汉字的模样。从迈出校门的那一刻，似乎心就没有再暖过，也请原谅我这个胆怯的学生，因为字不工整而不敢写信，因为觉得自己不够好，而没有自信出现在您面前。感谢这三年来您的宽容与辛苦，您的教诲，我会一直铭记在心。您的恩情似海，是我应当用一生来回报的，请您相信，再次站在您面前的一定会是自己满意的我，因为我相信您说过"长风破浪会有时，直挂云帆济沧海"！

　　丫头，看到你的文字，还是那样胆怯，那样努力的一个你啊。其实不必。你本来就足够好，无论初中的时光，还是将来的你。有些同学是常回来，他们其实也还是那样，顽劣，自我，更多了一点青春的有恃无恐。我羡慕现在的你们，而怀念那时的你们。此刻，再次翻检以前的照片，六十多张，青葱之年的你们。一花一世界，一树一菩提。毕业之后，你们中的每一个，我都不会再轻易遇见，所以，你们也都是我此生的唯一。无论最初多少的疾言厉色，还是奋发与叹息，其中都有你。

何况你是胆怯的，努力的，爱笑，又常是小心翼翼的。你看，掩卷执笔的你，杜鹃花边的你，握着雪团的你，讲台上的你，扶犁的你，这些我都记得。确实我最愿意跟那些男生忘形饕餮，他们就那样，轻狂自负，但你也是我始终得意的一笔。他们像瀑布，你倒像是一泓秋水。你会在临考之前，约我坐在讲台边谈谈你心里的忐忑不安，也不知我隔靴搔痒的鼓励，是否有助于你万一。我知道，你们中的每一个，一路走来都不容易，尤其是你。许多时候，你的眼圈都有几许红色，那一定是挑灯夜读，多做了一道又一道题。

所以你该骄傲的，丫头，中考陪考，没有见到你，只是听说你答卷的时候，因为紧张，语文卷子没有答完。本来想打个电话，又怕你因此而焦虑。然后，中考结束，然后，你去了一中实验班。不知道是否如你所愿，无论怎样，又将是一个你负重前行的三年。偶尔，在别人发给我的成绩单上，会看到你的名字。

丫头，你始终是我的骄傲，你们都是。你出众的文笔，多少次让大家嫉妒。我骨子里其实挺懒的，也拙于应对世人，即使是我的学生。我说过的，我希望我是菩提，你们是悟空。走过泉涸之季，好好做一个远行的人。你不许心事这么重的。庄子说，无所待，如此才好。我亦安好，不必挂念。我说过的，在心不在形。你要常常笑着，扬起嘴角，活出人生的如适与妖娆。哪天累了，饿了，受委屈了，可以回来，你不爱吃冷面，我请你吃馄饨。初中时，你怕阳光晒，一晒就会过敏，现在好些了吗？

（2018 年 9 月 25 日）

做老师的那些年

毕业致辞

九年级一班的同学们：

终于站在这里，要说再见了。其实我更愿意把今天的毕业典礼，看作为你们壮行，后天，你们就要奔赴中考的战场，为你们的青春，参加一次务必完美的战斗。"八百里分麾下炙，五十弦翻塞外声"。现在，正是时候。

感谢你们，给我留下的美好记忆，三年时间的相伴，看着你们从翩翩少年，到现在青春明艳，我会记得：你们在教室里的孜孜不倦，拔河时的声声呐喊，一起看过的快雪时晴，一起戴着口罩上课。我会记得：孙艺菡斩获的荣誉；冯博印奔跑的身影；司洺赫的深藏不露；黎泳辰的好学聪明；王硕浩的貌美如花；孙溢擎的画和琵琶；邹俊颉的咸鱼翻身；胡宸瀚的绝地逢生；赵晨皓的自圆其说；田洲源的可爱多情；唐秀琪发的作业；周子傲擦过的地面；刘天祎的认真；郭娅轩的优雅；赵志君的药品箱；汤敬伊每天姗姗来迟的脚步；褚天姝数学课上的神采飞扬；有时爱哭的王一涵；喜欢美食的程碧瑶；高增硕北极熊般的慵懒；丁晓骞用垃圾桶盖画过的圆儿；吴泽坤胖头鱼般的字；王佳琪掷地有声的跳远；像个隐士的邹丰泽；头脑一流的马天阳；有点婉约的车略修；有点贪玩的梁骁扬；佳佳的乖巧和小心；妮妮的迷茫和努力；李君童的心细如发；赵一霖的账本；李权升的虎牙；憨厚善良的杨皓程；自成一派的董姝好；腰缠万贯的姜雪彤；懂事要强的戈一凝；男孩气的石芷冰；浓眉大眼的李映澎；文采飞扬的陈雨嫣；人缘极好的陈亦涵；自得其乐的张书语；天真空灵的张欣然；厨艺不错的石翀睿；口福最好的王家威；需要自信的陈纪州；帅气男孩肇跃程；阳光男孩金国安；尽职尽责的蔡明阳；会做手工的廖紫涵；字迹工整的郭鑫月；潜力巨大的尚晶莹。

孩子们：要毕业了，纵有不舍，也要欢笑。"无为在歧路，儿女共沾巾。"蛇要蜕三四次皮才能长大，所以，你们要远行。当然我还要用心地叮嘱你们，因为从此不易相见。

相信你们一定记得，我们说过的许多："所有的努力都不会被辜负""挺住就是一切""最好的风水是人""有所得必深谢"。而且我还要叮嘱你们：

愿你们此去多年，热爱人间；愿你们不畏尘劳，忠于理想；愿你们知道等待，蓄积优雅；愿你们懂得孤独的力量，始终独立不惧；愿你们知道盈虚有数，受得了委屈；愿你们经得起迷人的成功，也能和解任何的失败；愿你们安乐有时，分享有度；愿你们在震惊百里之际，仍可以安之若素；愿你们善待家人，有恒温恤；愿你们勇于改过，对自己始终有未成之诚。

孩子们：不必回头，不必"儿女共沾巾"。你们要开始的旅程，新鲜而美妙。三年所学，已成利器；海运之来，扶摇云霄。相信你们，一定能在中考的战场上，运筹帷幄，做到最好。"千岩万壑不辞劳，远看方知出处高。溪涧岂能留得住？终归大海作波涛。"

谢谢大家！

（2020 年 7 月）

做老师的那些年

233